謎を語るのが小説です

謎をいくつか解くのが推理小説です

謎をすべて解くのが本格推理小説です

私はそう考えています

見つけてくれてありがとう

中西智明

讲述谜团的是小说。

解开若干谜团的是推理小说。

解开所有谜团的是本格推理小说。

我是这样认为的。

谢谢你发现了我。

消失！

〔日〕中西智明 著

白夜 译

中国友谊出版公司

图书在版编目（CIP）数据

消失！／（日）中西智明著；白夜译. -- 北京：
中国友谊出版公司，2025. 8. -- ISBN 978-7-5057-6105-
6

Ⅰ. I313.45

中国国家版本馆 CIP 数据核字第 2025R55N16 号

著作权合同登记号　图字：01-2025-1753

书名	消失！
作者	〔日〕中西智明
译者	白夜
出版	中国友谊出版公司
发行	中国友谊出版公司
经销	新华书店
印刷	嘉业印刷（天津）有限公司
规格	880 毫米×1230 毫米　32 开
	9.875 印张　211 千字
版次	2025 年 8 月第 1 版
印次	2025 年 8 月第 1 次印刷
书号	ISBN 978-7-5057-6105-6
定价	59.00 元
地址	北京市朝阳区西坝河南里 17 号楼
邮编	100028
电话	（010）64678009

目录

CONTENTS

1　　主要登场人物

3　　第一章　三回死亡

5　　❶　玛丽

25　　❷　裕二

45　　❸　纯

69　　第二章　三场消失

74　　❶　玛丽

88　　❷　裕二

104　　❸　纯

119　　第三章　三次接近

124　　❶　玛丽、裕二

138　　❷　裕二、纯

155　　❸　纯、玛丽

169　　第四章　一举解决

171　　❶　玛丽

183　　❷　玛丽、裕二

201　　❸　玛丽、裕二、纯

227　　中西智明超短篇合集

289　　简中版新增短篇：吸血鬼缺席的采访

303　　后记

307　　作者解说

可能杀害 玛丽 的人

优佳 业余乐队 "ZERO-ZERO" 主唱

BB 乐队吉他手

中西 乐队吉他手，队长

Tom 乐队鼓手

Hes 乐队贝斯手

可能杀害 裕二 的人

同道堂裕子 同道堂家的寡妇

同道堂三朗 裕子的小叔子

喂师傅 小学勤杂工

可能杀害 纯 的人

雷津龙藏 大学生

新寺仁 私家侦探

新寺留衣 仁的妹妹

蓝出 兰迪精品店老板

额田 高塔市警署警部补

献给你，《红发纽带》——
本作品原来的名字①。

_____

① 本作由讲谈社 NOVELS 于一九九〇年十月出版发行。以今视之，内文某些表达
不够恰当，但鉴于成书时代及文学价值，译文依旧忠于原著，敬请理解。

第一章

Chapter. 1

三回死亡

将开篇起出现的所有人物聚拢进同一关系圈，运用逻辑推理解开乍看毫无联系、实则另有玄机的连续杀人事件。从《ABC 谋杀案》起，此类海外侦探小说便颇受瞩目。一般来说，我们会将该类作品归于"缺失一环"或"童谣杀人"名下，而若新添一块以（表面上的）杀人狂为主题的拼图，应该能擦出更多新奇的火花。

小城鱼太郎《杀人狂与圆环》

① 玛丽

（凶手）

男人终于抑制住异样的兴奋，这才意识到自己脚边正躺着一具尸体。

没有声音，没有动静，确实是具"死"尸。男人回神，定睛看向尸体那凹陷的头盖骨，又盯向自己右手那紧握的锤子，不停地摇头。

是……是老子杀的？是老子？

这问题实在愚蠢。因为他的眼、他的手、他的心，还鲜活地记着几十秒前的行凶画面。

为什么要这么做？老子到底在干什么？

他战战兢兢地蹲在直视不到尸体的位置，伸手探向尸体后颈。后颈还残留着一丝余温，但那点浮灰般的余温里完全感觉不到生命的迹象。

抽手的瞬间，那浓密、仿佛在燃烧的红色毛发轻拂过他的手背。

不寒而栗。

毛发的触感令人生厌，但这厌恶并非缘于尸体，而是因为颜色本身。在昏暗房间里，醒目而标志性的红毛让他厌恶。

红毛。

男人俯视尸体的眼眸中再度闪出憎恶的光芒。

红毛贱货。

和先前行凶时的目光一样。红毛、红毛、红毛。除了对红毛的憎恶，他脑袋里已再无他物。管她叫什么名字，过着何种生活，又有多少人会为她的死而哭泣……总之，知道这家伙跟那红毛女是一伙的，这就够了。

因为红毛，所以该死。

ZERO-ZERO

"喂，看见玛丽那家伙了吗？"

优佳一进排练房，BB就来问她。优佳有几分惊讶，平日寡言的BB竟主动来搭话，可他一开口就是"玛丽"，让她有点不快。

"没，来时没看见。她怎么了？"

"不见了呀。"

BB说着从架子鼓旁穿过，走到窗边打开纱窗，坐到窗台上向外眺望。

"今天休息了吧——坐那儿很危险，这可是三楼。"

"没事，没事。玛丽才不会休息呢，那家伙到现在都是全勤。"

话虽没错，但玛丽来咱们这儿还不到两个月——优佳本想反驳，但还是憋了回去。她不想在他面前用这种令人讨厌的口吻说话。还什么两个月的全勤，这一定是BB风格的（蹩脚）玩笑罢了。

"说什么呢？这么说的话，那我也应该拿两次全勤奖啦。"

"啊哈哈。"

BB发出几近敷衍的笑声，从白色外套内袋里掏出细杆烟和打火机。优佳俏皮地吐舌，同时叹了口气，随后走去房间角落，放下了手中大大的手提包。

她瞥了眼手表，已经八点半了。看屋里的状态，应该已经练过一遍了。早知道打完工不去购物，直接过来就好了。优佳心中有些后悔，而且今天下班比平时都晚……

不过老实说，最近的排练已经吸引不了她准点参加了。

"其他人呢？"

除BB之外的三个人都不在。

"出去买东西了。"

BB变回了平日那副高冷的样子，盯着烟头的火星，咕哝着回了一句。

"什么时候去的？"

"就刚刚。"

优佳心中咯噔一下：若是这样，他俩还能独处十分钟。这儿远离市中心，骑摩托车去最近的便利店，单程都要五分钟。

虽说男女共处一室，但别指望BB会主动搭话。他就是个闷葫芦，晾对方一小时都算轻的。要是对方是女生，那他就更闷得厉害了。

"BB"——"坏男孩"（Bad boy）的首字母缩写，不过也是他本名的缩写，他便顺理成章收下了这个外号。和其他成员一样，优佳对 BB 的性格、年龄一无所知。她只知道两点：一、他喜欢摇滚；二、她喜欢 BB。BB 应该也一样，连她的全名古贺优佳子都不知道。他们不过是群聚在队长中西智明周围，组了个摇滚乐队"ZERO-ZERO"，每月只见三次面的怪胎罢了。

"啊，三月又快结束了。"

总之，优佳先没话找话地打开局面。要是搁在平常，这种开场白绝对得不到 BB 的回应，但今晚是他先发问的，抛开玛丽不谈，没准他们可以好好聊聊？

但跟优佳的心意相反，BB 的态度非常冷淡。

沉默。

只有沉默。

他甚至都没打算转过脸来。

完蛋，结果他还是老样子。优佳拼命鼓舞着自己摇摇欲坠的心，又抛出一个他不能不答的问题：

"你还好吗？"

"……NAMI①。"

NAMI？哦，是"一般"，优佳片刻后才回过味来。"真别扭，

---

① NAMI，对应日语单词"並み"。除"一般""普通"之意，还可形容商品的"中等品质""普通分量"。

就像在点牛肉饭。"——优佳本想如此回敬，可想到回嘴后仍会被无视，便犹豫了。要不把牛肉饭换成寿司？思来想去之间她终于错失了机会。

但今晚 BB 只回答她两个音节！谅他再怎么寡言也太过分了。不，准确来说不是今晚，而是从玛丽来了之后……

不过现在没必要为那些破事沮丧。无论是喝酒还是去看乐队演出，只要女孩单独约 BB，他都不会赴约。今晚难得跟他独处，哪怕是给最近低气压的生活转转运，她也必须迈出这一步，和他走近一些。

"晚来三十分钟，对不起哦。"

优佳下意识地道歉。意外的是，这次她得到了 BB 字数最多的回应。

"要道歉最好去跟那几个家伙道。他们都气炸了——'主唱都没来，练个屁啊！'"

"……"

优佳不由得咬紧唇，低下头。

好不容易正经回我一句，可他说的都是些什么！这叫我怎么接话嘛！

的确，迟到是我不对，我反省。但难得的独处时光是用来聊这个的？

就在优佳沉默的片刻，寂静仍在蔓延，哪怕开着窗，室内空气也越发沉闷。优佳渐感下垂的双臂压得她窒息，便十指交叉按在小腹上，又觉得站着都难受，便随意走了两步，无心地抚摩着 BB 立在墙边的吉他盒。

"啊，别碰那个。之前说过的。"

只有这时，他才会立刻给出反应。

受不了了。"不就是个吉他盒吗！"优佳拼命压抑自己，才没有这样顶撞回去。她低头走到门边，粗暴地推开门。

"我去上厕所。"

丢下毫无紧要的一句话后，她冲向走廊。

就在这一瞬间，她注意到隔壁房间的门迅速地关上了。

欸？刚才，是谁？

走廊上的优佳用拳头拭去眼角下的水雾，盯着隔壁的房门。

没什么大声响，但门的确突然关上了，就像有人匆忙躲进房间似的……说起来，在排练房时，她就几次感觉到走廊上有人。

没错，肯定有人。

只是，为什么？今晚在这栋楼里的应该只有 ZERO-ZERO 的人。就算有同伴在门外偷听，有必要躲着我吗？话说回来，他们不是都出去买东西了吗？

那么，难道是玛丽？

怎么可能呢？那可是玛丽，就算说破大天也不可能。

算了，管他呢。

优佳不再细想，径直走过房门，走向厕所。虽然不知道谁躲在里面，但他爱躲就让他躲吧。生活中已经有那么多的琐事，就别再给自己添堵了。

今天对优佳而言着实狼狈。刚出门，就在公寓前扭伤了脚；坐公交车，身上被小孩蹭上了巧克力污渍；在咖啡店打工，又被顾客死缠烂打（都怪那个好色大叔，平常六点半下班的她硬被磨到七点才走）——就像一个月的霉运全都赶在今天集中降临。最可恶的是，乐队伙伴还看她不爽，纵使脾气再好，也不免会生气。

不就是迟到半小时嘛！

迟到当然不应该。大家都是忙碌的社会人，拼命挤出时间才有了每月三次的排练。说是迟到半小时，但他们八点钟排练，七点半就有人来。早到的人估计心烦意乱地干等了主唱一个小时。他们无法投入演奏，只想把迟到的家伙晾在一边，自己出门吹吹晚风。优佳也不是不能理解这样的心情。

只是，要是搁两个月前，成员们还会这样对她吗？

若是一年前五人刚开始排练的时候，他们还会这样吗？

自从玛丽来后，BB 也好，其他人也好，都只把关怀留给玛丽。

优佳站在两扇并排的厕所门前，心头浮现出玛丽的面孔，顺手推开女厕的门。

当她经过洗手池时，才意识到自己并不想上厕所，便站到洗手池的镜子前，试着调整一下自己过分严肃的表情。

镜子里映出的是自己都觉得特别可爱的容貌。

优佳对自己的身高体重没什么不满，多亏了上个月住院治疗，原本消瘦的脸庞还饱满了一些。虽然在高中同学口中她变得成熟了，但年长的前辈听闻优佳已经二十岁时，无不一脸惊讶——还以为你才十七岁。基本而言，她的容貌比较稚嫩，虽说看着年纪小没什么不好，但渐渐地，这也成了她的一个心结。

优佳双手拢起披散的头发，在脑后扎了个马尾。虽然她喜欢长发披肩，但和乐队一起唱歌时，她总要绑个马尾。虽然是为了改变气质，但最重要的理由还是因为中西队长曾向她透露过"BB 喜欢马尾辫女孩"。

优佳的发质粗硬，生来带点红色。虽不似玛丽那般鲜艳的棕红（玛丽的名字来自鸡尾酒"血腥玛丽"般的迷人红色），但优佳在小时候就有个"（红发）安妮"的外号。上初中、高中时，染发的嫌疑始终纠缠着她。

优佳曾在报上读到过，她所在的高塔市"盛产"红发。上街走两步就能碰到很多红发的人，且多为"完美红发"。至于别处常有的颜色不正的淡红发，又或卷曲、细软、稀疏等发质不佳的红发在这里反而少见。优佳感觉她那微红的头发没有那种鲜艳的红发有西欧风情，那种更能让人一看就感受到积极与热情，她一直坚信，"不管是小孩还是女孩，有一头红发绝对更可爱"。

所以对 BB 来说，她那微红的秀发绝对也是自己的魅力之一，然而……

对啊，比起自己半吊子的发色，还是玛丽那样的更漂亮，迷住BB 也不奇怪。

优佳顺了顺垂在鬓边的发梢，脸上浮现出一抹五味杂陈的苦笑。

"不过……要是玛丽不在了呢？"

优佳对自己脱口而出的话感到意外，不由得停下了拨弄发梢的手。

我不是说玛丽全责，只是说到事实，自从玛丽来了以后，身边就没一件事顺心过。

优佳感觉玛丽和自己的厄运是同时出现的。

玛丽现身 ZERO-ZERO 的排练大约是在两个月前——正好是优佳在市里住院期间。

高中毕业后的两年里，优佳一直忙于唱歌和打工，渐渐透支了身体。去年年底，她就出现过好几次头晕贫血的症状。最终，她在二月九号打工时昏倒，被救护车送进了市医院。

医生在诊断书上列出数不清的病名，但究其本质，还是身体抵抗力全面下降，其中尤为醒目的症状是营养失调和肺炎。前者成了焦急赶来的父母劝她放弃独居的绝佳理由，后者则是导致古贺家好几代人离世的险恶顽疾。说实在的，优佳一想到当时要是再拼命一点，没准就没命了，真有些后怕。

但对优佳来说，最不幸的莫过于她倒下的日期——二月九号。

根据 ZERO-ZERO 乐队的名字，他们商定在每个月日期末尾为"0"的"10""20""30"号进行排练。因为乐队初建时，大家发现竟没有一个固定的日子全员都有时间，于是为了公平，众人同意按此日期排练（顺带一提，虽然有点牵强，但之所以晚上八点开始排练，也是因为"8"是由两个"0"组合而成的）。

所以优佳虽然病倒了，却无论如何也想参加第二天的排练，在 ZERO-ZERO 的音乐中尽情歌唱。

歌唱是优佳的原点，是优佳的生活，是优佳的梦想。在

ZERO-ZERO 当主唱、一周一次的音乐学校进修、每日开嗓练声，可以说优佳每天都在真实地为歌唱、为摇滚、为音乐而活。其中，ZERO-ZERO 乐队的活动占据了特别重的分量。

ZERO-ZERO 乐队是吉他手兼队长的中西智明起意组建的。去年高中毕业后，中西的校园乐队也宣告解散，于是他跑进常去的 Live House①，拉来了优佳、BB 等一批熟人，大家凑在一起组建了 ZERO-ZERO。说是凑在一起，但优佳入队绝不草率。中西、BB，还有另外两位成员，无一不是热爱摇滚的伙伴。能被高中时就出了名的中西看上，成员的演奏水平都不容小觑。可以说在本市的业余乐队中，ZERO-ZERO 的实力恐怕都是拔尖的。优佳也不只是唱歌，她还和中西搭档一起为原创曲目填词。ZERO-ZERO 的每次排练她都认真对待，对优佳来说，这里是她唯一无须刻意专注就能全情投入的地方。

单纯说来，就因为过劳而病倒，她竟离开了如此重要的 ZERO-ZERO 长达一个月。

住院的日子比想象的长，但其实也不过十三天。只是从九号住到二十一号，显然错过十号和二十号的两次排练，再加上二月没有三十号，优佳一连三十九天缺席了乐队的活动。

缺席一个月的影响很大。当病好归来时，迎接她的是和之前大不相同的 ZERO-ZERO。在她病倒的次日，玛丽来偷看乐队排练，排练场地也变了（从中西家偏远狭小的车库，搬到了鼓手 Tom 找

---

① 有专业演出舞台和高质量音响效果的小型室内演出场馆。

到的位于街道尽头的综合大楼里，算是升级了）——更重要的是，好像就在她倒下的次日，乐队成员间有了散伙的苗头。乐队成员、排练场地、演奏气氛都和原来不同了。

特别是成员间的"分裂"，也让正在住院的优佳挂心。她知道，除中西之外的三人都是犟种。即便是作为队长的中西，一旦卷入争吵，也绝不服软。之前拉架劝和的不是别人，正是优佳。要是ZERO-ZERO在她缺席期间没吵过一次架，那才见鬼了呢。

阴云驻扎在乐队成员的头上，自然也会影响到出院的优佳。虽说住院是不可抗力，但事态恶化的导火索无疑是优佳这次住院。乐队进入第二年，大概也进入了倦怠期，成员们对待优佳明显与两个月前不同，态度冷淡了许多。玛丽的到来更是加速了这一进程。

玛丽没来时，优佳是万绿丛中的一点红，成员们对她关照有加。只要她微微一笑，乐队里什么麻烦都不是事儿。优佳是乐队的歌迷和四名伙伴共同的"偶像"。按说一个月的空白期，她的地位不至于岌岌可危，要不是玛丽像只占领空巢的野猫闯进来的话……

优佳并不十分清楚玛丽是怎么来的，只知道一个不争的事实：玛丽趁优佳不在时混进乐队，抢走了至少一半本该属于优佳的目光。

是，玛丽是很可爱。虽不像优佳那般健谈，却也没有优佳那么任性。因为懂得卖乖讨好，自然在男生堆里颇具人气。优佳心里清楚，责怪玛丽没用，但老实说，要是那个玛丽，那个趁火打劫的小偷消失了，优佳便能重返"偶像"宝座，也能找回曾经那个和谐的ZERO-ZERO。要是那个玛丽消失了，要是那个玛丽不在了……

"要是玛丽不在了……"

咕哝声又起。

一瞬间，她发觉自己的话太过可怕。此时她才意识到自言自语背后躲藏着的，是何其恐怖的念头。

这个念头叫杀意。

不行，我在想什么！

与其说是杀意，倒不如说是个荒唐的妄想。肯定是最近诸事不顺，弄得自己神经衰弱了。优佳两手撑在洗手池上，紧闭双眼，拼命清空大脑。

可闭上眼，眸底隐约浮现出的竟是泡着红毛的深红色鲜血……以及不成原样的玛丽……优佳奋力拧开水龙头，捧起倾泻而下的水流泼打面颊。泼了五六捧冷水后，她才终于赶走了眼前太过真实的景象。

我真是笨蛋。

优佳从牛仔裤后口袋里掏出手帕，擦干脸上的水滴，对着镜子里的自己强颜欢笑。

责怪玛丽也没用啊，难不成我还能杀了玛丽？

她感觉自己的想法终于回到正轨。

整理好衣装，优佳走出厕所。她走到排练房门前，见一群人聚在门口，是购物三人组回来了。

他们应该是刚回来。中西队长左手握着门把手，右手提着装满食物的塑料袋，正在和他身后的两人说话。本可以快点进去的，但他们好像一路上还没聊够。

在队长身后走廊上站着的两个人，自然是鼓手 Tom 和贝斯手 Hes。他俩跟以前一样，两手空空。除乐器以外，优佳就没见过这两人拿过其他东西。

"大家晚上好。"

一次深呼吸过后，优佳用尽可能开朗的语调跟三人打招呼。

一瞬间，三人安静了下来，不再谈论备受热议的电视广告，齐刷刷地看向优佳。

"……呀。"

跟预想的一样，回应她的是中西队长。

"你迟到了，优佳。"

为了不显得生硬，中西说话时还露出浅笑。对平常总在嘿嘿怪笑的中西来说，这样的微笑反倒让人难受。

"对不起，打工那边今天拖了些时间。"

因为购物才迟到？她可说不出口。但中西只是"哦"地哼了一声，提起手中的便利袋，告诉她上半场排练结束后出去买了些吃的，说完又愣了片刻道：

"如果是工作，那也没办法。不过从现在开始最好花点心思，要准备六月的现场演出了。你该不会想让玛丽上吧？"

"嗯，知道了，我以后会注意的。"

中西轻轻点头，没再责怪优佳，拉开了房门。一直面露不悦的 Tom 和 Hes 只是用锐利的目光盯着优佳。他俩嘴上没说什么，但优佳的心里已经得到了回答。

中西打开门，出乎意料的是，BB 高大的身躯挡在面前。

"喂，干什么呀？"

中西一惊，身子夸张地向后仰。

"没什么。倒是你们，在门口磨蹭什么呢？"

BB 双手支在门框上，把头伸出门外问道。他多半正准备开门。门上有一扇磨砂玻璃小窗，即使房间隔音效果很好，也能一眼发现门外是不是有人。

"没什么。只是聊了点最近的电视——哦对了，我们刚好撞见优佳。"

"哦，是吗？"BB 扫了眼优佳，"你们走后五分钟她就来了。"

"这样啊。欸，玛丽呢？"

"好像还没来。"

"还没来？有点奇怪啊。"

这个点了玛丽还没来，确实不大对劲。

中西疑惑地歪着头，随后慢慢伸出左手推开挡在面前的 BB，走进了房间。Tom 和 Hes 跟在他身后，从 BB 身边走进排练房。

看到标准身高的三人依次从接近一米九的 BB 身旁走过时，优佳感觉他们就像一群在走廊外征得老师同意才进门的小学生。戴着大大平光镜的中西是负责出各种鬼点子的军师，臂力不小、体格魁梧的 Tom 是孩子王，爱装腔作势又没有主见的 Hes 是孩子王的手下。不过按照 ZERO-ZERO 里的实际地位，军师和老师的人选正相反。

"欸，你们几个。"片刻后，BB 像是想到什么，在方才进屋的三人背后问道，"你们刚才没回来过吗？"

就在那一刹那，正跟着他们进门的优佳突然间像是被人拖住，动弹不得。

怎么会有这种感觉？不知道，只是"有人守在门外"的念头伴随着纯粹的直觉，如同闪电一般，瞬间在脑海中闪过。跟通常所说的第六感不同，虽然只是优佳的下意识，却更趋于理性，是大脑分析完之前捕捉到的某种体验而得出的答案。

而且，优佳的预感随后还真派上了用场。

"怎么说？"房间里的中西回问。

他的语气明显在说"怎么可能"。虽然之前也会因为一些小事闹情绪，但在如今的 ZERO-ZERO，这种带刺的语气还是让优佳瞬间心寒。

不过 BB 倒很淡然。

"没什么，在你们回来之前，我看见有人在走廊上。"

"有人在走廊上……喂喂，这是什么早春怪谈？"一反刚才的生硬表情，中西嘿嘿怪笑着说，"不过很遗憾，没听说这幢大楼里有什么幽灵怪谈。你看到的不会是优佳吧？"

"当然不是。那时她还好好地待在房间里呢。我看见门外走廊上有人影晃动。"

"那就奇怪了。今晚这幢楼除了我们应该没别人了。当然肯定不是我们仨，我们仨确实是刚回来的。"

中西的表情再次变得严肃。

那时果然有人在走廊。

回忆起刚才她跑出房间后的种种迹象，优佳默默点了点头。BB也看到了人影，那就没错了，果然有人在门外张望，见优佳跑出门外才慌忙躲藏，而且那家伙还不是乐队同伴。

"那人恐怕现在还在隔壁房间呢。"

优佳指着排练房左边那个房间，轻声说道。

房间里的四人闻言，旋即转向优佳。中西慢慢走近优佳，小声询问：

"优佳，什么意思？你看见那家伙进了隔壁房间？"

"嗯，他躲得很快，我没看清是什么人。"

"躲？他躲着你？"

中西立刻抓住了疑点。

优佳简短地解释了她几分钟之前遇到的事。中西和旁边的BB对视一眼，再次嘟囔着"这太奇怪了"。

这时，他俩身后的孩子王Tom开口了：

"真伤脑筋。大楼房东叮嘱过我很多次，叫我别放奇怪的陌生人进来。"

"除了我们也没人会进来吧。真够头疼的，那家伙该不会是小偷吧？"

中西皱着眉说道。

这是幢四层综合楼，三楼的两个房间都空着，一、二、四楼则入驻了各种白天营业的商铺和事务所。谁也不敢打包票说走廊上那个鬼鬼祟祟的闯入者不是专偷小商家的保险柜的窃贼。

突然间所有人都闭上嘴。Tom和Hes战战兢兢地迈着些许谨慎的步伐，从房间里走到走廊上。

小偷藏在隔壁房间里。

不时闪动的日光灯下，五个人的脸上明显写满了紧张。

中西朝优佳竖起一根食指。

明显是在问她房间里是否只有一个人。"大概。"优佳当即答道。不过这样的回复并没打消她对房间里可能暗藏三四个人的疑虑。

中西微微点了点头，摘下平光眼镜塞进黑色皮衣的口袋里，靠近隔壁房间，慢慢转动门把手。隔壁房间的门上没有小窗，不怕会被里面的人发现。BB 也不甘落后，闪身靠在门轴一侧的墙上，摆好架势：不管中西遇到什么，他都能立刻关门。

Hes 咽了一大口唾沫，Tom 护住优佳，还伸手想将她拦回排练房。

中西拉开了门。

室内没亮灯，有点暗。左右观察一番后，中西鼓足勇气踏进房间。

不知是不是自动关门的弹簧臂失效了，中西松开门把手后，房门仍向右大敞着，停在全力戒备的 BB 的鼻尖前。门是向外拉开的，优佳他们能清楚地看见内侧门把手和没上锁的插销。看来闯入者来不及锁门。

门外的四人屏息十秒有余。BB 小心地窥视室内，问道："欸，有没有人？"

"啊，好像没人。"

中西令人安心的声音在黑暗中响起。过了一会儿，房间里"咔吱"响了两声，日光灯眨眨眼便照亮了整个房间。房间里变得和走廊上同样明亮，但这里好像只是个被简单分隔，未做任何装饰的单调空间。脏兮兮的白墙，黑色油毡地面，除此之外乏善可陈。铝合金窗户，没有窗帘，地面上也什么都……

咦？

那是什么？有东西掉在地板上了。隔着一道门，优佳看不清全貌，但房间中央的地面上确实有一个红褐色的毛团。

那到底是什么？她知道那东西的毛发很长……是红色的。虽然只能看得见顶上的部分，但优佳知道那个发红的东西是什么。

是什么呢？是什么呢？……头？头！是头！那是颗头颅啊。是她的头，是她！

那孩子倒在那里！

"哇啊啊！"

当优佳意识到红色毛球的真身的同时，她听见了房间里传出中西的惨叫。毫无疑问，他开灯回头之时，看见了那个在明亮灯光下的异样物体。

"喂，看看吧！"

中西面容扭曲地退回到走廊上，代替他进屋的是 BB。

"怎么会这样？谁干的？！"

BB 站在门口俯视着那物体喊道。

优佳等三人也慌忙穿过走廊跑进房间。不知是 Tom 还是 Hes 的手臂从旁边抓住优佳的肩膀，不让她看那个东西，但她还是挣脱束缚，看向地面。

跟预想的一样，有个物体滚落在地。但直到几分钟前，她还无法想象出那物体的样子。

"嫉妒。"

"诅咒。"

"杀意！"

这些深埋在她心底的词汇都不足以表达眼前的景象。

难怪今晚没在排练现场出现。

"玛丽！"

优佳朝地上那一动不动的物体呼喊着。她记得自己最后一眼看见的，是连同那美丽红发一起凹陷的头骨。随后，她的意识便堕入无边的黑暗。

优佳昏倒之后，大家确认了空房间内除了玛丽的尸骸外没有藏着任何人。

房间没有其他房门和通气口。铝合金窗没有进出的痕迹。优佳和 BB 目击到的闯入者（同时很可能也是杀害玛丽的凶手）忽然消失了身影。

一把崭新的锤子掉在尸体旁，应该是击杀玛丽的凶器。正对头顶的一击是致命伤，显然是男性所为。

然而事情并未就此结束。

优佳并没有很快恢复意识。四人猜测是她倒地时撞到了头，为安全起见，他们拨打了急救电话。几分钟后，救护车到达。在 Tom

和 Hes 的陪同下，救护车载着意识不清的优佳朝向市中心驶去。

目送救护车离开后，中西和 BB 返回三楼收拾乐器，同时打算在警察和物业楼管赶来前再次进入空房间确认尸体。

"啊！"两人同时发出惊呼。

出人意料的事情发生了。

就在他们七手八脚地把优佳送上救护车的几分钟内，恶魔又来过这个房间。

地板上空空如也，无论是尸体还是凶器——那些让优佳失去意识，令人不安的东西，不知被谁不留痕迹地抹去了。

❷ 裕二

（凶手）

他死死地绞住脖子。

明知对方已经断气，但他还是死死地绞住脖子。

绳索绞紧，绳圈中央的小小身体正变得像铁块一般沉重。刚才还在低吟的下巴，现在已完全失去力气，朝天仰着，但他仍不松手。他不怕对方死而复生。反正已经是第二次动手了，他想品尝一回远超第一次的更加激烈的屠杀。因为绞杀会让身体和红发接触，他原本不想用的，但上次的锤子已经被处理掉了。当然，跟隔着一段距离给对方致命一锤相比，这样的绞杀更令他充实。

红毛。

男人再次用力拉紧塑料绳。

红毛婊子。

就算目标不是女人也没关系，这些细节无所谓了。红毛就活该被敲死，活该被绞杀。对他来说，只要是红毛就够了。

"犯罪行为是会升级的。"

老话犹在耳畔。紧接着，又一句接踵而至——"杀人会上瘾的。"

哼，太傻了。

男人赶走脑袋里蹦出来的、曾在推理小说还是什么读物中读过的不祥论断，松开了手中的绳索。原本浮空的小小身体扑通一声倒在土地上。

杀人杀人，这能算人吗……

男人摩挲着掌心的勒痕，俯视着地面上的尸体嘟囔道：

"红毛。"

他嘴角露出上次行凶时未有过的灿烂微笑。

突然，男人的视线从尸体上移开，竖起耳朵聆听背后的夜色。

不知从哪里传来年轻女子重复的呼喊："裕二，裕二。"

| 同道堂家遗孀 |

"裕二！裕二！"

裕子双手拢在嘴边，不停地呼唤裕二的名字。

虽然已经到了街角，但是依然没有听到裕二的回应。

道路两侧的民房住户只是开了条门缝，窥看屋外的状况。不难理解，现在天已全黑，在这个时间点，有陌生女人在自家门口不断呼喊，任谁都会警觉、探头观望吧。

"出什么事了？"

"孩子丢了呗，肯定的。"

居民间的私语幽幽飘来。裕子听后瞬时浑身一颤，但很快，她就因这些闲言碎语是多么事不关己而有种想要大叫的冲动。

既然知道，倒是出来一起找啊！

尽管居民并不吝惜或好奇或同情的目光，但没人打算施援。裕子在这片开阔的新兴住宅区漫无目的地从傍晚找到现在，周围人的态度几乎没变。对，漫无目的地搜寻，裕子差不多转遍了这片住宅区的每个角落，却怎么也找不见爱子裕二的身影。

也不知找了几个小时。

也不知还要痛苦多久。

今早这场全无预料的横祸已让裕子精疲力竭。她的嗓子完全嘶哑，泪水在眼角干结。但母性的力量仍支撑着她拖动酸痛的双腿一步步向前走。

"裕二！"

心头再次涌起强烈的不安和焦躁，裕子拼命抑制住负面情绪，脚步虚浮地在眼前最后一个转角右拐。崭新的混凝土墙角上贴着一块绿色金属牌，上书"高塔市 城北 H-12"这几个白色的字。H 区12 丁目，住宅区的最南端。

"裕二！"

如果这里还不见裕二的踪迹，裕子不知道还能去哪里找他。

事情要追溯到几个小时前。

裕子是在时钟指向傍晚六点半的时候才注意到裕二还没回来。

"都到这个点了……"

同道堂裕子双肘支在饭桌上，望着两份完全凉掉的饭菜，轻轻叹了口气。餐厅里只有她一个人，不见她唯一的倾诉对象——年幼的（虽然当事者绝不这么认为）裕二。

"到底跑去哪里玩了？"

裕子无奈地摇摇头。墙上的布谷鸟时钟一声"布谷"报时，似在安慰她。

裕二外出不归并非第一次。

这孩子好动，行动毛躁，一直令裕子头痛不已。她并不太清楚裕二在外面玩什么，但只要一眼没看到，就准跑得没影，时常不着家。

但这次也太晚了。尽管之前几次裕二外出不归的时间也很长，但每每临近开饭，裕子轻斥一声"喂！"裕二就会回来，像今天这样，等到饭菜凉透都还没露脸的情况可是前所未有。是躲去哪里了吧，为保险起见，裕子先在家里喊了一圈，裕二果然没回来。

就这样又过了十分钟。

没事的，裕二靠得住，况且都三岁了，一般人家里的三岁小孩儿都能独自在外行走了。

裕子变着法儿地安慰自己，但没过多久，两个大字在她不安的心头浮现。

"事故"。

裕子再也坐不住了。

对啊，裕二绝对可靠，但裕二可能会发生意外，可能会卷入事故，所以才迟迟没回家！

不安的种子刚在裕子心间种下，下一瞬间便生根发芽，以惊人的速度生长，片刻布满整颗心脏。比起裕二晚归的事实，翻涌而起的不祥预感逼着裕子站起身来。若是冷静分析，只怕是她杞人忧天，但在那个当下，裕子可能接收到了某种"精神信号"，仿佛看见可爱的裕二身陷险境，拼命地朝她飞奔而来，向她呼救。

那孩子高喊着"妈妈，救我！"

裕子确信。

必须找到那孩子。

下一瞬间，裕子气势汹汹地离开饭桌，险些踢翻椅子。飞奔出门后，她才意识到灯没关，饭菜也没收。不管了，她一定要赶在电灯坏掉之前，饭菜坏掉之前，把裕二带回来。

哪怕只有万分之一的概率，她也绝不能失去那个孩子。

失去人生伴侣的痛苦一次就够了，一次都太多了！

四年前的夏天，裕子深爱的丈夫同道堂二朗因为车祸离世。

那是八月初的一天。包括高塔市在内，全国气温创出新高（不过次年同日，高温纪录再次被刷新）。二朗在开车上班途中为躲避跑上马路的小孩，猛打方向盘，撞上了路边的护栏，当场身亡。当时他整个人都冲出窗外，还砸扁了发动机盖，但送回来的遗体竟神奇地与生前并无两样。有半晌的时间，裕子在遗体面前都忘记了哭泣。

那时的二朗才二十七岁啊，裕子比他小三岁，他们结婚才两年。

他们在裕子十八岁时邂逅。两人上同一所大学，第一次说话是在图书馆经济学书架前。

"同学，在这里碰见你好多次了。"是二朗先搭讪的。

"我这是第一次来这排书架。"裕子答道。

"啊……是吗？"二朗不自然地笑了。

套近乎的搭讪，他显然还不熟练，但他的笑容，特别是笑起来时眼角的细纹，与裕子中学时喜欢过的学长有几分神似。裕子看着眼前抓耳挠腮组织下一句的男生问道："你是哪个学院的？"见裕子发问，他欢呼雀跃，将学院、姓名、年龄、血型、喜爱的食物……一股脑儿全报了出来。交谈结束后，两人相约去学生食堂喝茶。

从那以后，他俩就常常一起喝茶聊天。二朗十分健谈，原本容易厌倦的裕子和他在一起从未腻烦过。不多久，裕子就倾心于他。二朗也同样喜欢裕子，毕业前夕的那个秋天，二朗向裕子求婚，裕子也马上同意……

刚开始，裕子并不知道同道堂二朗是本市最大企业"同道堂组"建设公司社长的公子（在高塔市，什么古怪的姓氏都不出奇）。因此，彼时的他虽然只有二十五岁，却已在父亲的公司担任准董事级的职位。毫无疑问，他就是下任社长。很显然，贵公子和家世不显、财力有限的裕子结婚，招来了家族成员的强烈反对，但二朗坚持己见，全然不顾周围的反对，坚持要与裕子结为连理。裕子一毕业便同他成婚，搬进了新婚小夫妻想都不敢想、占地六百坪^① 的豪华爱巢。

裕子属于钓得金龟婿，嫁入豪门。身为同道堂夫人的新生活却也少不了坎坷，但只要每天能和心上人在一起，她便有了克服一切艰难困苦的力量。

婚后三个月，蜜月里来喜，裕子怀上了两人的孩子。二朗听闻喜讯，兴奋得忘乎所以。离生产尚有大半年，他就早早定下了男孩的名字。他欣欣然地告诉裕子：

"裕子、二朗各取一字，就叫裕二！怎么样？"

裕子一生也忘不了他当时放光的双眼。裕子当即点头。

"好。若是女儿，就取另外两字，叫朗子吧。"

五个月后，裕子流产了。

八个月大的胎儿，肉体上几乎与正常婴儿无异。眼、耳、鼻、口——明显看得出是个男孩。

"裕二！"

在保证不会歇斯底里后，她见到了胎儿的尸骸。但当乌黑的肉块实际呈现在裕子眼前时，她还是忍不住情绪失控了，哭着要挣开二朗的手臂。

"裕子！"

二朗粗壮的手臂紧紧搂住裕子的肩膀。

"忘了吧！孩子……孩子以后不是还可以生吗？"

但他的话里暗含一种微妙的犹豫。他此时已从医生口中得知裕

---

① 坪，日本面积单位，1坪约为3.3平方米，600坪相当于2000平方米。

子再也不能生育，也接受了自己到死都不会有下一代的痛苦现实。

后来二朗死了。他死后，同道堂家对待裕子的态度，既可说妥当，也可谓残忍。

丈夫的死并未让裕子失去一切。身为同道堂二朗之妻，她有权继承二朗留下的相当可观的遗产——他的个人资产、公司的抚恤金和保险理赔金。那座在二朗父亲名下的六百坪大宅，最后同道堂家也决定转至裕子名下。但与此同时，同道堂家视她为累赘，明确表示不认裕子是家族中人。二朗还有一个小一岁的弟弟三朗，二朗未竟的事业也将全部交由三朗继承。二朗身故，裕子和大家族的唯一联系断了，加上孩子也不在了，已然失去了与同道堂家族抗争的力量和意志。

独守偌大的空房，裕子孤单生活，没人可以说话，也没人可以拥抱，每天只是反复体味回忆。但即便如此，裕子也没离开这个家。不，哪怕她想，这个家也不许她离开。家里还残留着二朗的气味，二朗的灵魂。若她此时离开，又有谁来守护他的灵魂呢？

就这样，自事故发生整整十个月后，裕子那可笑的生活，她的孤独，终于画上了完美的句点。

神给裕子送来了一个新的孩子！

裕子没有一丝迟疑，给这个新孩子取名为"裕二"。

裕子想，应该先去附近裕二经常玩耍的那个公园看看。在这个到处是水泥路的住宅区，只有那个公园可以玩泥巴，裕二应该最喜欢那里。

裕子急忙换上凉鞋，走进渐暗的天色里。正当她穿过栅栏门，跑上铺路石时，身体撞上一个大而柔软的物体。

一个身穿深灰色西装，身板结实的年轻男子站在她面前。

是同道堂二朗的弟弟，三朗。

"怎么了，嫂子？慌里慌张的？"

三朗微笑着，慢悠悠地问道。他笑起来跟二朗一模一样。

"裕二……裕二他还没回来。"

她离开三朗健硕的身躯，抬起头答道。看着他那细长的眼睛和极具特色的圆鼻头，裕子忍不住泛起泪花。

"裕二？哦，那个淘气包啊，真拿他没办法。"

"我想去附近找找。"

三朗闻言笑出声：

"哈哈哈，哎哟，别太在意。那小子不是一直都是跑出去就回来的吗？"

"可这次真的很不对劲儿。平时早就该回来了……而且，从刚才我心里就一直不安。"

"嗯？"他盯着裕子神情严肃的脸，考虑了一会儿后说，"好，我跟你一起去找，有目标吗？"

"公园吧，或者城北新区附近。"

"明白了，那我去新区，嫂子去公园——哦，天快暗了，如果在公园找不到，你就先回家等我消息，怎么样？"

裕子姑且点点头。

三朗走进玄关，把伴手礼——裕子和裕二爱吃的蛋糕——放在门口，便赶往停在门外小路上的私家车。裕子看着他的背影，心中默默感谢。

在同道堂家族中，其他人都对裕子冷眼以视，唯独三朗对她温柔有加。

话虽如此，但在丈夫二朗生前，兄弟俩每次见面都会吵得很凶。大概是因为三朗其人比较投机，和耿直的二朗合不来吧。估计是恶其余胥，那时三朗对嫂子裕子也非常冷淡。不过兄弟表面吵吵闹闹，内里却血浓于水，这一点在为二朗守灵的当晚得到验证。三朗一面对二朗的遗体，就搂着被褥哭个不停。平常最讨厌情绪外露，蔑称这是表面功夫的三朗竟也哭成泪人，旁人又怎能看不出他真切的悲伤。

二朗死后，三朗平日里会照料裕子。大概是单身有闲，他每月都会来看望裕子两次，偶尔还会在休息日邀请裕子外出兜风。不知不觉，裕子也与他亲善，一旦碰到什么棘手事情，第一个就会找三朗商量。

许多人看见他俩的关系后，没少传流言蜚语。而说实话，裕子并不讨厌三朗。不过这四年来，三朗一次也没有向她表达出超越叔嫂关系的好感。另外，裕子也不打算同任何男人深交，包括三朗——她比谁都懂爱情的滋味，只是她永远忘不了自己曾两次失去挚爱。

况且她现在有裕二了。

裕二就是她的"最佳恋人"。

有裕二在身边就够了。她心中暗下决心：什么都可以被夺走，唯独不能失去裕二。

不一会儿，围墙外传来三朗起动汽车的发动机声。

天气微阴，今晚天黑得好像比较早。裕子匆匆来到门外小路，平复着焦急的心，快步走向公园。

不过，公园里并没有裕二的身影。

夜色覆盖了眼前的马路。

裕子住在城北的最南端，H区12丁目。从这里开始渐渐靠近商务区，非住宅建筑也多了起来。路旁的街灯数量骤减，不少地方黑灯瞎火的，看不清脚下的路。

这里是最后一处。

再怎么说，裕二也不会跑去更南的地方了吧。倘若裕二真去了更南边，自己也不能贸然进入。由于住宅区以南的区域完全脱离了裕子的生活圈，道路也没有规划好，如果在这样的夜里迷了路，那就不是把裕二带回家那么简单了。

——没事的，裕二肯定在这儿。

裕子重燃之前被一次次浇熄的心火。

确认过裕二不在公园后，她如约回家等消息。但不到十分钟，她就难忍内心的煎熬。三朗搜寻的北部新区，之前裕子只带裕二去过几次，她觉得裕二不会去那边玩耍。所以，等待三朗很可能也是白等。不如在住宅区附近转转，或许更有可能找到裕二。想到这里，裕子马上跑出了家门。

她呼喊着裕二的名字，先在自家周围转了两圈。搜寻完1丁目后，又向旁边的 2 丁目而去。然而，从 2 丁目走到 6 丁目，再回到 5 丁目，南下 9 丁目，依旧不见裕二应声。

高塔市最大的住宅地 H 区，总体呈棋盘状，横四纵三分为 12 个区块。其中北端横排的 1 至 4 丁目（如裕子所住的 1 丁目）是富人区，各色豪宅汇集于此，即使在户外道路上大喊也不会引起注意，所以裕子可以尽情呼喊而不用担心扰民。但其他区块就不同了，样式统一的建筑，表情统一的住户，向她投来统一的异样目光。

然而，这些并没有让裕子气馁。不断膨胀的不祥预感，裕二在她心里不停地"呼喊"，都在催促她一声声呼唤爱子之名。

"裕二！"

她窥望主路两侧阴暗的小道，又喊了一声。声音坚定、温柔，却完全沙哑。

"裕二！"

果然，这里也全无回应。

裕子沮丧地垂下肩，啜泣着。可她没有蹲下，一旦休息，就再也动不了了。还要再走走，还要再找找。

再忍一忍，一定能见到裕二。那时的裕二大约和以往一样充满活力，她的不安肯定也只是错觉。然后这次的经历会成为一个美好回忆，会成为一件开心的趣事……

对了，要是见到裕二，我该做什么呢？

一直没考虑这一点。在发现裕二的瞬间，自己肯定要一把将其按倒，再亲吻那可爱的小嘴巴？再摸摸那一头柔顺的红发？不，不，身为妈妈，在这之前必须严厉地批评他一顿。裕二，你到底在干什么！净做这种任性的事，万一遇上坏叔叔……

"坏叔叔……"

不经意间，裕子内心的想法脱口而出。

虽是脱口说出，但她并不打算将此与现实联系，可想象中的画面竟然真实地展现在她眼前。

左手边的一排老式板墙在前方十米处断开。板墙后面好像是块没有路的空地（这附近最近正在大力开发，很多老屋都被拆除了）。

一个全身黑衣的男人跑出空地。他穿着黑色夹克和黑色西裤，脚上穿着黑色鞋子，脸上缠着一条像是黑色围巾的东西。那应该不是围巾，而是一块普通大小的手帕。他之所以匆忙围住脸颊，不就是害怕被人认出样貌吗？

他怕被谁认出样貌？那还用说，当然是裕子！这个时间点，在如此人迹罕至的场所，哪里还有别人？这附近只有裕子一个人，而这个蒙面黑衣男不是"坏叔叔"又会是谁？

下一瞬间，那男人立刻背对裕子，飞快地向远处跑去。显然他发现裕子已经注意到他，想要逃跑。裕子见状也条件反射地追了上去。按说并没有追的必要，大声叫人就好，但此时裕子已顾不了太多。这人我一定要亲手抓住！莫名的愤怒直冲心头，她感到这是一种先天察觉"敌人"的本能，一种近乎野生动物的直觉。

"站住。"

裕子喊道。男人脚步不停，将遮脸的手帕塞进夹克的前胸口袋，头也不回地向前跑。

凉鞋不仅勒脚，踩在柏油路上还嗒嗒响。裕子索性停下，脱掉鞋子，拿在手上。她又追出十多米，正好跑到男人之前逃走的空地前。裕子弯腰缓气，无意间扭头瞥向空地中央。

空地不大，只是在老式木屋和新式混凝土楼房之间隔出的一块突兀的三十多坪的空间。地上虽不见木材和机械，但可以看出这里曾经也是房屋，只不过拆了有段时间了。右手边，春日丛生的杂草柔和地包裹着裕二瘫软无力的身体。

裕二的身体……

裕二？

凉鞋瞬间从手上滑落。

裕二倒在空地上。瘫倒在地的裕二眼球鼓出，脖子上缠着一圈绿绳。

"死……"

裕二死了？裕子刚想发问，又打消了疑惑，太蠢了。裕二死了，这是显而易见且不容置疑的事实。

很长一段时间里，裕子一动不动，连抽搐都没有。

"呜……"

好不容易，她嘴里终于发出了声音。

"呜啊——"

裕子大叫着，理智全都飞出脑海。她没有任何意识地往前跑，不是跑向裕二，而是跑向那个逃走的男人，跑向那个让裕二经受如此折磨的男人。

那个男人离她已有二十米远。这里道路昏暗，幸好夜色未深。

她追在男人身后，只能看见他一截白皙的后颈。他杀了裕二，他杀了裕二，那个男人杀了裕二。

跑了大约五分钟，男人拐进一条人烟稀少，两边有水泥墙的岔路。逮到你了。裕子想：他慌不择路，跑进了死胡同。

岔路入口很宽，看不出是死路，但里面是个停车场。裕子以前有过在那儿被迫返回的经历，记忆深刻。

那个男人也许事先把车停在了这里。不过从他刚才的反应来看，跑进停车场并非预谋。万一是预谋，车型和车牌号都将成为重要线索。

裕子抖擞精神，快步向转角跑去。她本打算缩短他俩的距离，但以转角为参照点的话，两人之间还有一定的距离。

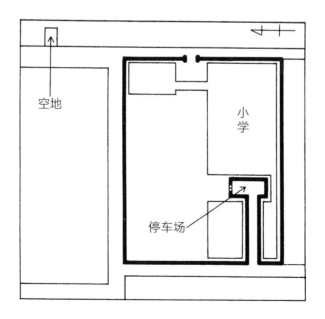

裕子转过弯，十几米的前方，停车场的内墙遥遥可见。乍看之下，左右似有路延伸，但其实都是停车的空地。墙后是所小学，从停车场通往校内的后门晚上应该关上了。

穿过距离不长、两边是水泥高墙的道路，裕子在停车场站定。她叉开两腿与肩同宽，听着自己粗重的喘息和狂乱的心跳，粗暴的眼神左顾右视。拥有十几个车位的停车场里，只有一辆白色小卡车停在右边深处。车中无人，车下除了轮胎，什么也没有。

再看左边，左边也无人影。尽头的墙上有一扇一车宽的大铁门，上面挂着一把大锁。

消失了……？

裕子瞬间起疑。男人明明逃进来了，怎会四处不见踪影？明明逃进死路，五米高墙无处垫脚，攀爬不得，他到底逃去了哪里？总不能变身成小卡车了吧？

不过谜团立马得解。停车场左边深处——铁门的右边角落有一堆黑乎乎的东西。不是人，比人的身体要大好几倍，由于尺寸与心中目标不合，裕子刚开始并没有在意。

那堆东西被防水塑料布包裹着，鼓鼓囊囊的，像座小山。

深棕色的塑料布，下面突出两截白色的四方木料。临近开学，塑料布下似是小学开学典礼上要用的东西。对于逃进停车场的男人来说，这里是绝佳的紧急藏身地。

裕子没多犹豫，走近那堆东西。此刻的她已无所畏惧，揪起被压住的下摆，一把扯下塑料布。

脸上带着罪恶和胆怯的男人应该蜷缩其间。可眼前半个人影都没有，四个需双手合抱大小的瓦楞纸箱规矩地码放在地面上，上面堆着工具箱和成捆的铁丝圈。那两截突出来的木料是开学典礼要用的立式招牌的脚座，塑料布包之所以会鼓鼓囊囊也是因为它。

为谨慎起见，裕子移开工具箱，打开纸箱。纸箱里显然藏不了人，里面塞满了用来装饰停车场的白色和粉色的塑料花。

不可能啊。

她错愕地盯着手里的粉色塑料花，连连摇头。不可能。那个男人确实跑进了停车场。

就在这时，头脑混乱的裕子耳边传来说话声。

"嫂子？"

裕子猛地转过头，不知何时三朗已来到她身旁。他此时已脱了外衣，只穿着白衬衫。

"三朗！为什么你会在这里？"

"我等来等去都不见你回来，便出来找。正好见你跑进这里……到底怎么了？裕二找到了吗？"

三朗凝视着裕子，皱眉说道。现在，裕子的脸上混合着汗水、泪痕和憎恨，一定很吓人，但她甚至连意识到这些的余力都没有。

"男人，你看到那个男人了吗？一身黑衣的男人。"

裕子紧紧抓住三朗的衬衫喊道。

"一……一身黑衣？没……没有啊，我一路上都没看到。"

三朗慌张地紧握住裕子的手，这时才意识到出事了。

"嫂子……裕二出什么事了？"

裕子没应声。

“说啊，究竟出什么事了？”

“……”

“那个一身黑衣的家伙把裕二带走了？”

“……”

“把裕二弄伤了？”

“……”

虽然裕子两度无声否定，但三朗的脸色越来越凝重。这世上，没有谁比他更了解裕子了。

“难道……被杀了？”

裕子好像点了下头。

三朗惊得目瞪口呆。

三朗一时不知如何处理当前的局面。但没多久，他抓住裕子的肩膀，再次向她确认凶手被赶进这里的事实。

“好。”

他松开裕子，向那辆小卡车走去，只剩下那里能藏人了。裕子也立刻跟在他身后。

但小卡车里没人。

“怎么回事？”三朗歪头表示不解，“这里也没有，那到底……”

“是真的！我亲眼看见那个男人逃进了这里。”

裕子明白三朗接下来想说什么，拼命坚持道。

“我知道。我当然会相信你……”

三朗噘着嘴，环顾四周高墙，露出完全无法理解的表情。

"总之，人不见了也没办法。那个，裕二的……尸体在哪里？"

裕子告诉三朗，尸体在进入 12 丁目主路边的空地。

"那不就在小学的斜对面吗？我过去看看，先把你送回家吧。"

"不，我也要去。"

裕子咬紧嘴唇说。

"我的凉鞋还落在那里。而且说不定——"

"嗯，说不定看错了。"

只是这样的期望不太现实。

五分钟后，裕子回到空地前。

三朗一路背着光脚的裕子。在远比丈夫宽阔的背上，裕子的眼泪又流了下来：因为三朗的温柔，因为失去裕二的悲痛，还因为对杀人凶手的愤怒。

也许称那个逃走的男人为"杀人凶手"不妥，但在裕子的脑海里，那个黑衣男就是真正的"杀人凶手"，此外没别的词可以形容。

可那个男人究竟是如何消失的？那扇铁门作为唯一的出入口，确实上了锁。或许那把挂锁是假的？如果是这样，那么这出诡异的消失剧就是早有预谋——

"嫂子，是这里吗？"三朗带着疑惑的问话打断了裕子的思考。

裕子抬起被泪水浸湿的脸，眼前就是那片空地。不知是幸运还是不幸，左边的视野被三朗的头挡住了。那里躺着裕二的尸体……

咦？

不对。

尸体应该在右边，就在那片杂草丛生的角落里。刚才没看见，这才以为定是被三朗的后脑勺挡住了。那么尸体呢？眼珠暴突、被绞死的裕二的尸体呢？

"这里什么都没有啊。"

不只有疑惑，三朗的语调里还显出不快。裕子从他背上跳下来，目瞪口呆地扫视着整片空地。

身体里的血仿佛都被脚下的土地抽干了。

尸体倏地从空地上消失无踪了。

③ 纯

（凶手）

男人手里拿着柴刀。

第一次是锤子，第二次是绞绳。

男人在脑海里呢喃着歌词，嘴唇也一张一翕，形成无声的话语。

这一次用柴刀。

男人笑着溜进房间。房间里布置得极其简单，不过如今的学生小鬼喜欢这种装潢，喜欢这种看着就不像给正经人住的房子。冰冷、直接、直愣愣、空荡荡。

第一次是锤子，第二次是绞绳。

男人脸上仍挂着笑意，悄无声息地前进着。为什么笑？他也不明白……难道是因为高兴？可这明明是复仇啊。

嘁，无所谓了，男人这样想道。

空荡荡的房间里，只有趴在地上的那个家伙。男人从后面靠近那个火焰般的红毛脖颈。地板上摊着一本周刊，目标似乎正在星座预测专栏上寻找自己的星座。

"纯。"

男人站在目标身边，幽幽飘落一声。

其实他连对方的全名都不知道，只是好几次听到精品店的女老板叫对方"小纯"。

所以，对，目标的全名八成就是公川顺子[1]。

公川顺子，背叛他的女人，一头红发美到惊人的女人。生来红发已天理难容，更何况这家伙还和顺子同名。

知道这个事情后，他决定杀死纯。

"……！"

一瞬间，对方两只瞪得圆溜溜的眼睛进入了男人的视野。不过这时他右手中的柴刀已经砍向对方的脖颈。

这一次用柴刀。

似为扫除内心微茫的犹豫，第二下、第三下，男人不断挥舞着柴刀。脖子被砍得皮开肉绽，比红发还要鲜艳的红色在眼前漫延开来。

去死，去死。

对他来说，这并非在破坏美丽，而是把美丽发挥到极致。

去死，去死，都给老子去死！

怪异的逻辑支配着男人疯狂的神经。

这些红毛，只有死亡才会让你们变得更加美丽。

---

[1] 日语中"纯"和"顺"同音，都念 Jun。

雷津大厦

这家侦探事务所真的不对劲。

啊，不对，一定是高塔市本身就有问题。又不是推理电影，对于一家刚开业不久的私人侦探社来说，"无案可接"不才应该是常态吗？

雷津龙藏在他带来打发时间的便携国际象棋棋盘上一边摆棋子，一边听着背后新寺应接不暇的接线声，心中有些不爽。

什么情况？生意这么忙？本以为这活儿很闲，他可是为了打发无聊时间才过来的。

开业头一星期，工作能偷懒就偷懒。雷津这样任性地想着，摆好了己方棋子，随后远离面前的矮桌，身子一仰，靠在沙发背上，对着低矮的天花板呼地叹了口气。

这里是七天前刚开业的新寺仁私立侦探事务所的二号接待室。

说是二号接待室，但整个事务所也不过只有两个房间。二号接待室比较靠里，兼具两种功用：一半是接待室，另一半是新寺所长的书房。因为有了正式的接待室，所以按常理应该称这儿为所长办公室，不过新寺觉得叫"二号接待室"会显得事务所规模更大。不愧是新寺的思维方式，就是那么与众不同。

这是一个纵横比例2∶1，像榻榻米一样的竖长的房间。

一眼望去，左右两侧靠墙摆满了崭新的不锈钢办公柜。房间后墙中央开了扇小窗，新寺的书桌和一对客用黑沙发背靠小窗摆放着，最后是连通一号接待室的房门。小窗、书桌、沙发、房门四点成一线。

大门另一侧的一号接待室和二号接待室形状一样，大小一样，两个如同榻榻米的房间纵向对接，形成了这个极为狭长的"奇葩"办公室。一眼可见这层楼本就没什么事务所入驻。

"——那就这样吧。好的，打扰了。"

讲了近十分钟的电话后，新寺终于放下话筒。

"你好像很忙啊，新寺前辈。"

龙藏立刻见缝插针，刚才已经连着两次插话失败了。每次都是老板好不容易打完电话，龙藏还没想好说什么的时候，电话铃声就会响起。

"还算不上'忙'……"

所幸连续不断的电话攻势终于暂时告一段落。

新寺仁一个胳膊肘支在桌面上，手掌托着消瘦的脸颊，目光转向龙藏。早在学生时代，新寺就因颧骨突出而得了个"骷髅"的外号，此刻他瘦骨嶙峋的脸似乎因为长时间接听电话而显得越发憔悴。

"本周的调查委托的确络绎不绝，但不行，案子全都不行，所以我全都推掉了。刚才那通电话也是，我眼睛没眨一下就拒绝了，我就没遇到过正经像样的案子。"

"啊……还是那种调查出轨证据或是查订婚对象家世的案子吗？"

"怎么可能？再怎么说，那些案子都不会来找我。"新寺苦笑着摇摇头，"委托人大概都是我的读者吧，都知道我这里不是那种'寻猫狗、查外遇'的调查所。其实找我的案子乍一看都还挺有趣的，乍一看啊——比如'隔壁邻居是个讨厌猫的老婆婆，最近却每周都买黑猫，已经买了七只了。想请你调查一下到底是怎么回事'。"

"哎哟，这正是你喜欢的类型啊，你怎么看不上了？"

"没错，这确实是我最爱的。埃勒里·奎因的《七只黑猫之谜》是我最喜欢的一篇推理小说。然后还有这种：'上个月女大学生被杀案的真凶是 N 侦探社的调查员，请务必证明这一点！'"

"欸？莫非说的是那个公寓杀人案？"龙藏忍不住坐直了身子，"这回不是推理小说，而是现实中发生的悬案啊。"

"没错，委托人是死者的大学同学兼好友，几个人凑钱来委托。这起事件确实古怪，我也有意受理……"

"那如此趣案你又为何不接呢？不对，说案件有趣好像对被害女生不敬。"

半个月前，媒体曾连日报道过此案，一时间沸沸扬扬。龙藏将当时听到的情报从他不靠谱的记忆里一股脑儿地全抖搂出来：

"那个男人杀了人，之后在两位侦探的监视之下消失了，对吧？"

"嗯，从表面上看是这样。案发现场在某个五层公寓顶楼的房间，死者是名十九岁的女大学生，在那名男子经营的健身房里打工。现场那栋公寓是她的住处。"

"我听说那两人私底下貌似有亲密关系。"

　　龙藏虽不知事件全貌，但必会核实花边韵事。即便如此，他也只是从《都市里的性与爱》之类的报章连载中得到些二手消息。

　　"没什么好奇怪的。兼职女生和她的雇主常常稀里糊涂地搞在了一起。"龙藏说。

　　"对，如果事情只到这一步，确实不算稀奇。但架不住女孩父亲不信，他找来两位侦探调查那个男人。"

　　"啊，然后这两位侦探目击到男子进了女孩的房间，原来如此。"

　　这么重要的关键点，龙藏还是第一次听到。虽然他对这个事件有一点印象，但并没有太过关注。也许是因为一群人成天七嘴八舌地谈论案情，反而让他不想凑这个热闹。

　　"后面的事情应该都知道了吧？在外监视的两位侦探言之凿凿地做证说男子没再走出房间一步。另外，他们还证实了女孩生前曾外出购物过。但在几个小时后，房间里传出哀号，火灾报警器也嗡嗡作响。闻声赶来的人们冲进房间，发现女孩胸口插着一把刀，而那个凶手却如烟般消失了。"

　　"是这么回事。"

　　新寺松开支着脸的手，十指在鼻下交叠：

　　"男人被通缉，案件暂时性解决，但他逃离公寓的方法仍然不明。"

　　"这不是挺有趣嘛！"

　　"不，是非常有趣……"侦探两眼微眯，凝视着纠缠成一团的十指，"也就是说，不需要他们委托，我都已经调查半个月了。"

啊，是这样啊。

龙藏懂了。仔细想想，像新寺这样喜好解谜的人，怎会放着这等案子不管？

"那么最终你解开了消失之谜？"

"那还用说……好吧，告诉你也无妨。男子是通过房间里的垃圾道出去的。"

"垃圾道？就是大楼里用来扔垃圾的垂直管道？"

因为龙藏根本不知道案发现场还有这种东西，所以根本没意识到还有如此简单的答案，当下反而觉得意外。

"是的，那座楼房所有公寓套间的厨房一角都设有小型垃圾通道口，方便收集厨余垃圾。全楼的垃圾都扔进垃圾道，集中到地下的收集场。收集场平常无人值守，出入自由，正好给了罪犯可乘之机。"

"哎，还有这样的盲点吗？但从五楼直接爬下去是不是太危险了？"

龙藏还没搞明白，但还是先夸为敬。突然，新寺的脸上露出了恶作剧般的坏笑。

啊。

看见那笑容的一瞬间，龙藏心内暗道不好。每当新寺露出这样的笑容，就指定不怀好意，想捉弄他这个老实后辈！面对龙藏的警觉，新寺欣然开口说道：

"爬下去，谁啊？"

看吧，来了。一定是刚才哪里说错了，而且错得离谱。这位爱捉弄人的前辈最喜欢抓别人的话茬。

"谁？不就是那个男人？你刚才不是还说他杀了女大学生，从垃圾道逃走了吗？"

"我只是说男子从垃圾道出去的，可没说他是爬下去的。"

"啊？有区别吗？"

丢人的是龙藏还没明白自己哪里被消遣了。

"因为丢垃圾的洞口太小，成年男性根本钻不进去。"

"垃圾倾倒口有那么小？"

"当然。如果倾倒口能钻人，谁都能推理出那里是逃跑通道。报纸杂志也不会大肆炒作什么'未解之谜'了。"

"可那个男人又是怎么……"

"把他变成能通过倾倒口的大小就行。"新寺满不在乎地说道，"头、手臂、胸部、腰部、腿，男人被大卸七块，这七包'厨余垃圾'又被那个女大学生扔进垃圾道，这就是全部的真相。"

龙藏惊愕了，原本充满智慧色彩的杀人犯优雅消失事件，转眼成了黏糊糊、血淋淋的分尸案。

"结合案发现场的状况、女大学生的境遇来看，种种分析过后只能是这个结果，不做他想。能让男子逃离房间的办法只有一个，那就是分尸投井，故而凶手是那个死了的女大学生。分尸过后，她再举刀自杀。说实话，自杀很考验勇气，不过根据我的调查，对她而言也并非全无可能。事后看来，甚至理所应当。"

"但，但如果是自杀，那么警察——"

"你想说警察应该注意到？那个'被害人'女大学生下手太干

净利落，警方的注意力都集中在那个诡异消失的男子身上。以下只是我的想象：她分尸时用衣角裹住刀柄避免留下指纹，又以购物为由外出，从收集场里将那些'厨余垃圾'转移到别处。"

"啊……"

龙藏不禁发出惊叹，原来那女生中途外出购物是这个目的啊。

"男人被肢解的尸体被扔去了哪里？"

"结合她出门'购物'所花的时间以及有私家车这两点来考虑，大致能推理出是在高塔市内，应该偏向郊外。比如城北住宅区、城西高楼开发区都很可疑。当然，这个我不能断言，不过对这个不靠海不傍湖的城市来说，在建建筑的地基应该是最好的隐匿点了。"

新寺前辈大学期间攻读城市论，还将之与侦探学结合，出版了一本畅销书。刚才那番话确实有他的味道。

"原来如此，她只要找个合适的坑洞，过两天就有人来填上黄土或打入桩基。就像电视剧《神探可伦坡》里演的那样。"

这回龙藏真心佩服。就算他一开始知道有垃圾道的存在，估计也解不开这个消失之谜。这个职业果然适合前辈。

"那么后面只要找到尸体就行了。你也跟那几个女孩说明了真相，是吧？"

"没。"一听这话，新寺的表情变得痛苦，在龙藏面前连连摆手，"我什么都没说。只是说案件太难，拒绝了委托。结果被她们大骂一通——'书里写得头头是道，结果现实中是个草包！'"

"为什么拒绝啊？"

"唉，都说了……"新寺仁出言阻止龙藏的异议，"有些事不知道真相反而更好。就像她们都坚信真凶是被害人，并由衷地为她哀悼。媒体也如此认为。这样不是很好吗？虽然没有披露详情，但真凶的自杀动机一定无比凄惨。或许是被杀的男子对她施暴，又或许是出于各种家庭原因，主要是宗教方面的限制，女孩苦于不能自杀。当你知道了这些内容，一定也会同情她的。她有权得到哀悼，那个男人也有义务以加害者的身份受人唾弃。那群女孩委托我查案，目的是想为她讨回公道。至于她们的好友是自杀还是真凶，都不是她们想要的结果。她们现在怀疑那几个盯梢的侦探，可比知道真相幸福多了。所以就这样吧，就这样最好。"

"别自作主张啊。"

无论怎样解释，龙藏都不满这样的处理。尽管站在凶手的立场，她有值得同情之处。但像新寺这样一边高明地解开热门疑案，一边又把功劳埋藏，简直荒唐。

"新寺前辈，你从前就不爱争名夺利。早先你是素人也就无所谓，可现在你都是优秀的职业侦探了，没点儿职业素养可不行。你得将名声打得更响，还得收敛收敛你按喜好挑拣委托的性子。一本《都市与侦探》，不可能一直给你带来客户，曾经的辉煌跟版税一样，没有新作，一切归零。"

"哎呀。有你在，不找老婆都够我受的了。"

新寺咯咯笑道，完全没把龙藏的意见当回事。接着他又说起一个"乍看之下想接的案子"。

只是话匣方开，电话声便响起。他拿起话筒，对龙藏小声说道：

"雷津君，我有本钱按照喜好接单。"

这句话中饱含着他对该市犯罪情况了如指掌的强大信念。

而事实上，有一件比公寓杀人案还要古怪的消失事件在等待着新寺和龙藏。若说世上的案件存在流行趋势，那么这起公寓杀人案正是随后在高塔市发生的诡异连续消失案的流行先驱。

当被问及一些难题时，先回答"不知道"——这是新寺仁和雷津龙藏共同的习惯。只不过两人稍有不同，前者是谋定后动，后者则是脱口而出。

新寺仁，二十五岁。

他思虑之深，可从两年前临近毕业的大学生活里窥见一二。

他追求缜密至极的论文。虽然专业方向是现代都市现象的一般性结构分析，但他最下功夫的是"智能犯罪学①"这一子类，特别是，他调查的还是全国著名的犯罪都市高塔市。有了海量资料加持，他完成了三篇关于现代智能犯罪的构成的论文。

连教授都为文中大胆的论断和压倒性的情报价值连连咋舌，而更让他们震惊的是，他在第二篇和第三篇论文中顺手破解了引为案例的两起悬案。

在犯罪手法上，这两起案件无一不是精妙至毫巅。其中一案的

---

① 以一定的权力地位、特殊职业为掩护，以现代科学技术及某些专业知识技术为手段进行的新型犯罪活动。

凶手更是犯下了看似毫无关联的四起命案，却被新寺精彩的论证破解。于是，在出版社的推荐下，新寺以这两起案件和另一起完美犯罪案件为例，用指控报告的形式出版了一本名为《都市与侦探》的都市论著作。

新书上市后，立刻在新闻界掀起轩然大波。虽然书中案例都使用化名，但明眼人都清楚指控的是谁。不久后，在严密取证和确凿物证面前，这三起案件的凶手相继落网。"智能犯罪之所以存在，只因能看破真相的侦探太少。"——伴随着书中名言，新寺一跃成为媒体的宠儿。

后来虽被指责存在人权问题等，但《都市与侦探》依旧畅销。第二部、第三部的邀稿也纷至沓来，可新寺并不打算再写同样的东西了。封笔的理由直到最后也没在媒体采访中公开，他只透露给了在同一研究室帮忙整理资料的学弟——雷津龙藏。

"所谓完美犯罪者，基本上都是可怜又可悲的。"

新寺的语调一半是落寞，一半是强压的兴奋。

"只是偶尔会冒出几个十恶不赦的例外。我在书中指控的都是这些穷凶极恶、仅被法办尚不足以解气的罪犯。当然，有趣的案件还有很多，但再揭发下去只会进一步伤害那些可怜的罪犯，只会得到空虚。况且我已在书中展示过大部分有关都市论的观点，所以对我而言出一本书已经足够了。"

龙藏听到他的话只是微微一笑。他觉得这位前辈或许有名侦探的能力，但以职业而论，还是掺杂了过多的个人感情。

不过，这个新寺仁确实是天生的"侦探"。

为修满最不擅长的外语课程学分，新寺花了六年时间才从大学毕业。这也是他深思熟虑的另一个表现。毕业后他在报社四平八稳地上了一年半的班，某天，他在路上偶遇了龙藏，突然对其吐露心声："我想当私家侦探。"

龙藏虽觉意外，但很快就理解了新寺的决心，便问他找好事务所的房屋没有。当得到"正准备找"的回答后，龙藏马上提出要帮他张罗。龙藏和新寺曾在一起同住过一年，新寺毕业后的一年半里，两人也见过几次面。在各个方面，龙藏都承蒙这位前辈的恩情。为表尊敬，龙藏求父亲从其经营的大厦里匀出一块空间给新寺开事务所。

这里本是个仓库，户型也不太好，但能在市中心黄金地段开一家配备前后相连两个房间的事务所，还是让新寺感激不尽，更别说房租也很便宜。新寺握着龙藏的手说："真的太感谢你了。"比起恩情和尊敬，龙藏这时才第一次切身尝到了助人之乐。

雷津龙藏，二十一岁。

他是高塔文化大学——高塔市唯一的私立大学——的大三学生。他的父亲以汽车销售起家，而后多元发展为新锐企业家。继承家业，生来就是他的义务。

当然，龙藏也有过叛逆期，想要反叛家人为他铺好的路。但他并没有什么特别想做的事情，且对父亲的事业并非完全不感兴趣，所以他又重回老路，接受命运。不过认命也有认命的好处，开春之后他就大四了①，困扰其他同学的就业问题绝不会令他烦心。

不过，父亲良夫对他这个独生子寄予的期望非常高。太高的期望就是压力。还能再逍遥一年，在那之后他到底能否不负父亲所托，向着出色企业家的道路前进？龙藏心里很没有底。

本来嘛，"龙藏"这个如此大气的名字，必被寄予了极大期望，可他偏偏生得斯文白净，甚至被人评价为"娃娃脸"。究其原因，一定是名字和实际相貌之间的落差太大。人高马大、面容精悍，怎么看都有豪侠气质的父亲向来厌恶"良夫"这个过于文弱的名字，所以才会给儿子取这么一个有违时代的夸张名字，但老实说，龙藏认为，要是自己有了儿子，叫他"良夫"也无不可，龙藏真心羡慕父亲平凡的名字。

商业才能、胆识、正常的名字——父亲拥有太多自己没有的东西。

而且父亲已经把他的一切都规划好了。

于龙藏而言，父亲是站在他身后的一个巨大阴影。如影随形的父亲已成为他难以承受的负担。他不想再受人照顾，他想照顾别人；他不想成为主角，他想成为配角；他不想当社长，他想担任部下；他不想成为科学家，他想做助手。还有，他不想当福尔摩斯，他想成为华生。

这也是他想帮助自己曾欣赏过的前辈找寻新办公地点的真实理由。

---

① 日本每学年有三个学期，分别是4—7月、9—12月、1—3月。

"喂——雷津哥！"

左耳突然传入熟悉的声音。龙藏猛地睁开双眼。

看着新寺仁深陷电话攻势脱身不得，龙藏不知不觉中在沙发上睡着了。

"这里可不是睡觉的地方！"

右耳压着沙发睡着的龙藏感觉声音像从头顶砸下来一般。带些鼻音，却又如绒毛般柔软……

一瞬间他知道说话的人是谁了。

周身血液涌上脸，龙藏腾地直起身。全世界所有人中，他最不想在这个声音的主人面前出丑。

"啊！"

由于起身太猛，龙藏差点亲上对方的脸颊。在尚未调准焦点的视野中，他看见一个藏青色的人影登时朝反方向弹开。

"啊，不……"

龙藏连忙想说"不好意思"，但又想到一旦道歉只会让场面更尴尬，且暴露自己的心思不纯。要是被对方讨厌那就惨了，还是糊弄过去吧。

"不……Boojour。"

龙藏硬是把"不"字拐到法语"日安"上。当然"Boojour"是错的，但没准对方理解成是正确的"Bonjour"了呢？

"你说什么，什么'布、不啾'？"

谁想到她耳朵这么尖。

不过装出刚睡醒的傻样子总算派上了用场。她——新寺留衣的反问一如平日般爽朗。龙藏松了口气。

"唉……不是……啊，我当是谁呢，原来是留衣妹妹，你好呀。"

"你好。"

留衣将提着书包的双手背在身后，微微耸肩，狡黠地笑了。藏青色夹克、藏青色裙子、橘黄色细腰带——她的高中校服。虽说这校服的设计毫无特色，但对龙藏而言它是特别的，因为穿着它的人是留衣。

新寺留衣是比新寺仁小九岁的妹妹。

少女的黑色短发下有双乌溜溜、让人印象深刻的圆眼睛。虽然她跟她哥一样纤瘦，但因为有一张玲珑小脸，反而让人想拥她入怀。不过不同于她纤细的身材和有点娇弱的声线，她性格开朗，是那种总是散发着活力的女孩。

龙藏和留衣初次见面是在去年秋天，新寺的父母为感谢龙藏在找事务所时出的力，特地邀请他到家中共进晚餐。那时，他立刻就喜欢上了留衣。

在面容严肃且棱角分明的新寺家，留衣的可爱气质特别显眼。这应该是基因突变了吧，无论是她的容貌还是性格，都完美地符合龙藏的审美。要不是顾虑到她哥是新寺，他早就向她提出交往了。

不对，要不是顾忌她哥是新寺前辈以及她和自己差了五岁。

不对，要不是顾忌她哥是新寺前辈以及她和自己差了五岁，还有自己没能抓住机会。

不对，要不是顾忌……

都不对！这些都是借口。

结果，他一直没鼓起勇气表白，生怕破坏了两人如今的关系，也不想失去现在这样和她自然相处的状态。他一刻也不想让她明媚的笑颜染尘——他太喜欢她了，以至于非常在乎这些事。唉，能让龙藏患得患失的女性，留衣还是第一个。

"那个，我……这样把你叫醒实在有些不应该。"留衣有点儿过意不去地歪着头，用她独特的说话方式解释道，"因为我看雷津哥睡得这么香，万一有客户来了影响不好，所以就……要是换成我哥，我早就直接喊他站起来了。"

"就算没客人，这里也不是休息室哦。"

书桌后的新寺暂时按下手中的听筒，夸张地向妹妹挑眉道："你来这儿干吗？有事？"

"没什么事，只想看看你活得怎么样——哦，对了，我感觉今天来这里会见到雷津哥。"

这句话差点儿没让龙藏兴奋得蹦上天花板。只是这样做有失成年人的稳重，再说了，人类也跳不了那么高，所以还是算了。

"嘿哟，雷津君，看她嘴多甜呀。反正现在我腾不出手，你俩就好好玩一会儿吧。"

新寺无奈说完，又回拨电话沟通客户去了。

留衣对哥哥的怠慢很是不爽，非常可爱地嘟起嘴，对正在打电话的哥哥"噗——"地扮鬼脸。不过新寺见此毫无反应，慢转座椅，面向窗户背对留衣。

"真是的。"

　　她鼓着两边气得快要撑破的脸颊，把书包丢在玻璃茶几上，在龙藏对面的沙发上一屁股坐了下来，不想她的体重太轻，被沙发的弹簧弹起来两三次，最后像节拍器一样左右摇晃。

　　由于这一幕太过可爱，龙藏竟扑哧一声笑了出来。

　　"啊，连雷津哥也笑话我。"

　　留衣两手按住沙发，抬眼瞪着龙藏。

　　"不，我没有……"

　　龙藏忙想辩解，但一想到留衣来事务所是为了看自己，不知怎的竟生出一种莫名的怜爱。

　　"我也是来鼓励新寺前辈的，结果呢，还不是被晾到现在？所以我俩是难友，是伙伴——咦，留衣妹妹今天怎么这么早就放学了？"

　　龙藏方才注意到墙上的挂钟刚指向三点。说起来他是两点来的，新寺竟容忍他睡了半个小时？

　　"不是啊，我从社团过来的。"

　　"别傻了，雷津君。"跟客户说个不停的新寺仁扭过头说，还竖起一根食指，"今天可是星期六。"

　　"什么星期六啊，现在放春假啊。"

　　留衣用手扶着额头，表示自己跟这两个蠢男人说不通。新寺只哼了声"哦，这样啊"，便又继续打电话了。

　　对啊，今天是三月三十一号。

　　龙藏他们大学的春假从二月中旬一直放到四月十号左右，所以他完全把握不了高中生哪天放假。

"你说的社团,是新闻社吧。"

"对,今天是新闻社。"大概是因为驳倒了哥哥而心情很好,留衣又恢复了笑嘻嘻的表情,"我另外还加入了两个社团,但今天去的是新闻社。"

"还和以前一样活力满满啊!另外两个社团是网球和……"

"摄影——啊,差点儿忘了,抱歉哦。"

留衣突然想起了什么,拿起书包放在膝上,从里面掏出一个白信封,啪的一声扔到了新寺的办公桌上。信封正好落在桌子中央,因为惯性又滑行了二十厘米,被新寺用手摁住。

什么东西?

新寺用眼神询问。"上次的。"留衣只回了三个字,便又把目光转向龙藏。

"那是什么?"

"上个月我表姐婚礼上拍的照片。你知道的,我哥死也不告诉别人他的住址,从很久以前就是我帮他代收信件。"

新寺仁独自生活的公寓地址,他只告诉过家里人和龙藏。在新寺看来,身为侦探理应防护到位,只是这种防护究竟会在何时派上用场,龙藏至今也不清楚。

"哥,怎么样?新娘子很漂亮吧?"

新寺完全没理她。

"很漂亮吧,雷津哥?"

"嗯!"

"婚纱上点缀着蓝色小水滴花纹,教堂也是绝美的纯白。"

虽没看出蓝色水滴纹的婚纱好在哪里，但龙藏还是频频点头，这时，他突然想到：

留衣妹妹穿婚纱的样子一定非常可爱。好想看看啊。

一条无限漫长的伏笔就此埋下。

最终，所有的电话委托都被新寺回绝了。

龙藏惊到失语。"生意不是这么做的。"他拉着留衣又对她哥一通输出，但侦探依旧我行我素，不显半点儿反省之色。

历经几十分钟的苦战，两人总算逼着新寺说出一句：

"不管什么内容，明天第一个找来的委托我肯定接。"

成功地迈出了既小又大的一步。

"你保证。"

"一百年不许变！"

"……哎哟，真是败给你们了。"

三人离开事务所到了走廊上，新寺锁上大门后无奈求饶。

新寺侦探事务所位于这栋五层建筑的二楼。他们坐电梯下到了一楼，从时装精品店旁的出口出来时，天已经黑了。

晚上七点，面前的马路上是晚高峰的汽车长龙，头上"雷津大厦"的黄字招牌正亮着灯光。从昨天就开始阴沉的天空现在更加黑沉，感觉大雨将至。

"吃完饭再回家吧。"

新寺的提议很棒，所以三人没有道别，而是向美食街走去。在龙藏父亲经营的"雷津商业"中，雷津大厦主要起着仓库的作用，用来储存管理服装饰品，除了一楼的兰迪精品店，整栋楼里并无其他店铺。它左邻高塔市最大的购物广场，右接高塔站前的商业街，吃饭购物都非常方便。

他们经过兰迪精品店时，留衣望向门上"闭店中"的牌子，嘟囔道：

"啊？都关门了……小纯是怎么了？今早就没见到。"

"小纯？"提问的是龙藏，"小纯是在这儿工作的那个男店员？"

工作不是重点，龙藏想问的是最后三个字。

"欸？——嘿嘿，这个嘛，这个嘛……"留衣说着突然狡黠地笑了，"是 n，ü，nǚ，女孩啦。"

她不仅故意卖关子，还在同为"男"字声母的"n"后顿了顿。龙藏瞬间紧张极了。

这时留衣直看向她哥说："半个月前来店里的那个女孩。"

"哦？是吗？真是意外，留衣你常来这家店买衣服？"

"买倒不常买，不过从车站到学校必经这里，不知不觉就和小纯成了朋友。我们第一次遇见应该是和哥哥一起来大厦的时候。"

侦探事务所和精品店没什么业务往来，但留衣很爱立刻跟新进入自己生活圈的对象交上朋友。

"今早我也是九点经过这儿，可意外的是，小纯和店长都不在。到底怎么了？真是担心啊。"

看来她和那女孩还很亲密，留衣提着书包，忧心忡忡地向漆黑一片的店内张望。虽说玻璃橱窗后只拉了层薄帘子，但因熄灯，完全看不清室内的情况。在同类商店中，这家店规模中等，但似乎人手不够，闭店牌上方还贴着一张纸——"招聘兼职（仅限年轻女性）"，看来生意还不错。

"一定是感冒休息了。"

龙藏的回答很合理。留衣也简短地回了句"应该是吧"，然后就离开了精品店，用和她纤细身材极不相称的速度快步向前走去。

"那个，新寺前辈。"

见留衣走远，龙藏才向学长问出心里挂念的问题。

"你说这个店的'店长'……"

"是 n、ü，女的。"新寺的语气仿佛在说"这还用问"，喉头咳出几声轻笑，"你很在意？"

"没……没有，怎么会……我是觉得留衣妹妹那么可爱，别被什么怪男人盯上……"

"没事，那家伙跟我一样，判断异性可有一套了。就算交往，也不会和那种奇怪的男人，放心吧。"

"……哈。"

龙藏只得点头同意，但倘若留衣真有男友，无论人好人坏，对他来说都一样。

"那个……留衣有交往对象了吗？"

"她都十六岁了，花季少女啊。有一两个交往的人也没什么问题吧。"

这位哥哥理所当然的回答显然不能安抚龙藏悬着的心。

"你们干什么呀，快点儿啊！找地方吃饭去了。"

见两人掉队，留衣回头喊道。她脸上依旧是一副无忧无虑的神情，全然不知龙藏此刻的消沉。

她更不会想到，残忍的死神会对她一分钟前还在挂念的好友下手。

"马上就来。"

像是在责备妹妹的大嗓门，新寺也高声回应，然后加快步伐赶了上去。一直低头不知在想什么的龙藏也赶紧追了上去。

然而他似猛然想到什么要紧事，于是冲面前新寺的背影小声道：

"请等一下，新寺前辈！"

"啊？"

"有两个交往的人还不是问题？！"

第二章

Chapter. 2

三场消失

福×县高塔市因智能犯罪多发而广为人知，其刑事犯罪侦破率亦为全国最低，而小规模私人侦探业者——"私家侦探"——的数量不亚于"犯罪城市"纽约。

新寺仁《都市与侦探》

（凶手）

仿佛沉浸在城市夜晚的喧嚣中，男人回想着昨天和今天这两日犯下的稍显残忍的凶行。

周六夜晚的商业街，犹如一个交织了声、光、人的旋涡。

擦肩而过的每个人看起来都像是寻欢作乐的快乐主义者。看着他们，他总有股冲动，不由得想高喊"唯我不然"。

并非因为他有多么理性。正相反，他比任何人都清楚激情在体内流窜的感觉。他这两天的暴行也如实地证明了这一点。

杀了那几个家伙才能激起我些许兴致。

他想，这样可不行。他在内心告诫自己，必须冷静一点儿，不能再做那种疯狂的举动了。是的，只要就此罢手，就不怕会被觉察。

什么线索都没有留下。

没人见过他的脸，也没人见过所谓的"犯罪对象"——对象都被他搬去了只属于自己的老巢（虽然"老巢"这个词很老土，但正适合形容那种肮脏、寒酸的场所）。

当然，冷静思考一下的话，从现场带走尸体极其不智。尽管每次尸体都被人发现，但无论是 ZERO-ZERO 乐队的成员，还是把他追进停车场的年轻（？）疯女人，他们充其量不过是发现了凶器和尸体，远没到发现他是凶手的地步。可是，对他来说，"犯罪客体"不能留在现场。

没有尸体，就不能立案。

如果打从开始就不能立案，他自然不怕被抓。男人之所以辛辛苦苦地把尸体搬到隐秘之处，还不是因为他无法割舍掉这些直接且现实的理论。

同时，人们发现尸体后的种种过激反应也是他收走尸体的另一要因。第一次，那个乐队女孩看到尸体竟昏了过去。第二次，那个年轻女人发疯似的追了他一路。虽然那个跟纯来往的女店主尚未意识到当前事态，但如果她得知纯的死讯，一定也会有相同的反应。这些过激反应让男人极为不安，也让他直接感觉到了犯罪行为的可怕。就像淘气的孩子会藏匿打破的餐具，他无论如何也要让那些劲爆的材料从人们眼前消失。

然后——

然后，还有一件东西驱使着他隐匿尸体。

某种单纯又讨厌的冲动。

总之——

男人快速瞥了眼左腕上的手表，压抑住内心毫无意义的不安。

无论如何，只要把尸体藏起来我就安全了。

他如此告诫自己，随后如前几次行凶时一样，瞅准时机混进人行道上的人群，隐没在越发喧闹的晚七点的城市中。

　　只是他还没意识到罪证越藏越危险。

　　也没意识到当他观赏着老巢里的尸体一点点腐烂时，会一点点助长自己的疯狂。

❶ 玛丽

睁开眼，眼前是一片白色的天花板。

接续天花板的是纯白的墙壁。她抬头看向胸前，身上的被单也是纯白的。

这是哪儿？

优佳感觉这里和上月待过的市立医院很像，仰睡就会腰痛的床、空气中弥漫的难以形容的药水味……除了墙壁刚刚粉刷过，这里和那个令人郁闷的病房几乎一模一样。

不对，不是几乎，就是病房。

这里是……医院？

优佳不得不如此判断。如此寂静的洁白空间不是病房还能是什么？而且无论怎么看，它都和自己住过的市医院的病房别无二致。

所以那些都是梦？

出院那天，她久违地和父母吃了顿晚餐，而后又在回归离开了一个月的 ZERO-ZERO 时受了气，接着在排练迟到时遇见了玛丽令人难以置信的死亡——这一切不过是自己在病床上的一场梦？

倘若如此，那这场梦也太真切了。特别是最后一幕——玛丽凄惨的尸体，哪怕现在仍历历在目。那长着美丽红发的头顶绽开的黑色大洞，刺眼的深红鲜血从中微微渗出。还有掉落在尸体旁的崭新的锤子……全部记忆犹如亲眼所见般鲜明。

亲眼所见。

对啊，不是梦。

一切都真实发生过。我因为目击玛丽的尸体而受惊，当场失去了意识。

优佳终于确定了事实。

但若如此，我为什么会在这里？为什么又住院了？难道因为那次惊吓，精神穿越了？

如果她沉下心来冷静思考，这并不算什么未解之谜。只是对于好不容易才从深度睡眠中醒来的优佳来说，还没恢复冷静思考的能力。

突然，左手边墙上的门被打开，有人走进病房。优佳揉了揉惺忪的眼睛，朝那边看过去。

来者打扮得比医生花哨，竟是 ZERO-ZERO 的队长中西智明。

"啊，优佳，你醒啦？"

中西语气惊异，迅速跑来床边。黄色印花衬衫配皮裤，再添件外套就跟发现玛丽尸体当晚的装束一样了。这么说，优佳并没有昏过去多久。

"欸，不用起来，不用起来。"

中西赶忙将打算直起上半身的优佳按回床上。

"我没事。"

"乱讲，怎么可能没事。"

中西自作主张，重新盖好优佳卷起的被单。

"真的没事。"

他这样的过分关心真可疑（还有点高兴），但优佳顺从地接受了队长的照顾，嘴角留下一丝笑意。

"别逞强了，你都昏睡一整天了。"

"一……一整天！"这次轮到优佳吃惊了，"骗人的吧。"

"是真的。更准确地说，你真正丧失意识只有一个小时——还记得吗？你在病房里曾醒过一次。"

"不，不记得了！"

"果然是这样啊。当我们以为你已恢复意识的时候，你又呼呼大睡，一直睡了二十个小时。"

"那……那现在几点？"

"三月三十一号，星期六，晚上七点——啊，我现在叫医生。"

中西把手伸到优佳的枕边，摁响了垂在那里的呼叫铃。

"还记得你在空房间里昏倒了吗？那时你的头撞到地面，撞得不轻，口吐白沫，我们怎么叫你都没有反应，大家都很担心你。"

在等医生来的空当，中西快速说明了情况。他竖起食指放在优佳唇上，示意她别说话。

"原本大家都守着你，但 Tom 和 Hes 今天还有事，不过也坚持到清早才离开，只有我今天休息，留下来照看你。大家都很担心你。万幸，没事就好。"

中西如释重负地说着，认真地帮优佳掖好被单。

还叫来了救护车……是我给 ZERO-ZERO 的团员添麻烦了。

优佳又羞又愧，恨不得把头缩进床单，但也同时感到安慰，那是团员带来的久违的暖意。

谢谢大家。

优佳在心底由衷地表示感谢。特别是守了她二十多个小时的中西，说多少感激的话都不为过。

只是现在最牵动她的，既不是真诚的中西，也不是温柔的 Tom 和 Hes，而是中西的话里没提到的"他"。优佳无论如何也想问问那个最令她心头暖热的名字——我昏倒的时候，BB 有什么反应？

不过，她没机会问了。

铃响不到一分钟，左侧房门再次打开，身穿白色制服的一男一女前后走了进来。

优佳是第一次见到这两个人。

在优佳恢复意识时，主治医生曾给她做过全身检查，这次只问了她几个基本问题。

"啊，应该没事了。"

确认优佳的回答证实她一切正常后，这位看着睡眼蒙眬的中年医生对她露出和蔼的微笑。

"昨晚你恢复意识时我就说不用担心，昏睡一整天只是疲劳过度所致。"

"那我可以回家了吗？"

"最好再观察一段时间。让人有些担心的是你丢失了意识恢复后的短暂记忆。虽然失忆时间不长，不过为慎重起见，我还是建议你明天再做个全方位的检查吧。"

又要花钱。优佳正想着如何组织语言推辞时，旁边的中西率先开口：

"是这样吗，那拜托了。"

"这两三天你就好好检查、好好休息，其他事别管。累到能昏睡一整天，难怪那时一下就失去意识了呢。"

听到优佳埋怨了一句"擅自决定住院和检查，是不是过分了"，中西又竖起食指说道：

"你啊，身体弱还要逞强。虽然我不会轰你回老家或叫你辞了工作，但至少趁这机会好好休养一下，打工那边我去跟他们说。"

"就算你这么说……"

医院只会带来郁闷，又谈何休养呢？优佳本想反驳，却被中西过于认真的眼神所压倒，把那句话憋了回去。最后，只吐出一句："谢谢。"

完全接受了对方的好意。

真是敌不过中西。

一直以来都是这样。从过去到现在，只要两人对立，优佳便从未赢过中西。他总是义正词严，且饱含真诚和同情。中西就像她父亲那般对她谆谆教诲，和 BB 那种从来只顾自己的类型完全不同。作为 ZERO-ZERO 团员中年纪最小的成员，除开音乐才能，心智成熟、考虑全面也是中西能当队长的另一大要因。

优佳想起来了，上个月她住院时前来探望的也只有中西。

虽然他说是代表大家而来，但大概也是说谎。队长挺温柔的，人也很善良……

要是一般的女孩，应该会喜欢上这样的人吧。

优佳觉得自己果然是个怪胎，是个受虐狂，偏偏喜欢那种冷酷的男人。

但，在"父亲"身上，难觅心动啊。

中西从优佳那儿问到了她打工的四个地点，对着天花板默背一遍，随后便从椅子上起身，问优佳是否要通知她的家人。见她摇头，中西点头以表示尊重。

虽然已过饭点，但中西还是设法弄来了病号饭。但被他看着，优佳吃得也不自在，等收拾完餐具后，不知怎的，她感觉更饿了。

病床右侧的隔帘（优佳之前竟全无察觉）也被拉开，露出了隔壁病床上的中年妇女。这里虽是四人病房，但优佳对面的两张床上并没有人。对于总是人满为患的市医院来说，这段时间似乎是难得的病人较少的时期。

"请注意遵守熄灯时间，如果您睡不着可以去大厅。"

穿着围裙的护士一边叮嘱，一边把空餐具收进小推车。她估计优佳会睡不着。

探视时间到晚上八点。在最后不到十五分钟的时间里，优佳觉得要问中西一些他能回答的问题。

"玛丽……真的死了吗？"

"嗯。"身穿外套坐在椅子上的中西垂下视线回答道，"死了。"

"是被杀了，对吗？"

"是的，被杀了。"

"谁干的？"

回想起昨晚的小偷风波（？），优佳问道。优佳还依稀记得发现尸体时，空房间里并无他人入侵的痕迹，但那家伙肯定藏在那里。可想而知，那个潜藏在房间角落里的家伙和 ZERO-ZERO 的成员之间定是发生了一起追捕大战。

"这个……我不知道。"

"不知道？"

中西的回答令人意外，让优佳不由得重复道。

"可凶手不应该就藏在那个房间里吗？"

"并没有。房间里没有任何家具，唯一能藏人的只有一排暖气片，但那后面什么人都没有。唯一的解释就是，凶手凭空消失了。"

"消失，怎么可能？如果是这样，打从开始他就应该不在吧。"

"打从开始？不是你说有人躲在房间里的吗？"

中西皱起眉头。优佳则慌忙摆手让他别想歪了。

"不是的，肯定有人躲进了那个空房间。不过之后我去了洗手间，他可能趁机逃到外面去了。"

"可惜，这不可能。"

"为什么？"

对方语气笃定得让优佳感到吃惊。

"走廊上一直有人。"

中西的双肘支在膝盖上，合掌按在嘴唇上。

"你想啊：你从洗手间回来时，我、Tom、Hes 不就在排练房的门前吗？也就是说，你前脚进厕所，后脚我们就上楼了。换言之，当你上厕所时，由我们替你看守走廊。后来 BB 开门让我们进去，但那时你又接替我们站在走廊里。"

没错。

听完中西的解释，优佳终于理解了自己那时奇异的感觉——就算大家都进排练房了，唯独她还要待在走廊。最开始去上厕所时，她一定是下意识觉得中西他们快回来了；而后大家都进屋时，只有她留在走廊。然后，在不经意间，几人一直监视着走廊，让藏身空房间的可疑分子无路可逃。

人的潜能真是了不起。

"我们进入排练房后，有人从空房间里出来吗？"

"确实没有。但是，但是……"

"但是实在不可能。没错，你看到那个男人（不，也不一定是男人）藏身房间是事实，他击杀玛丽估计也是事实，可凶手还是消失了。这里面应该有诀窍。凶手用了某种高明的诡计脱身逃走。"

怎么话里话外带着对凶手的赞美？

中西低下头陷入沉思。

"门呢？"优佳提了个很平常的思路，中西则诧异道：

"空房间只有一扇门啊。"

"不是这个意思，我们冲进房间时，凶手不是可以躲在门后吗？然后他趁我们发现尸体惊魂甫定之际逃了出去。"

"门是向外开的。"

"……"

被驳倒后，优佳终于想起当时她还看到了门背后未上锁的插销。

"那窗户呢？"

"那里可是三楼。外墙没有能搭脚的凸起，他怎么爬下去呢？"

"窗户上锁没有？"

"那倒是没有。"

"这不就结了。总有办法的，比如用绳索……"

"绳索要系在哪里？暖气片？门把手？两面交叠的拉窗？都不可能。要想放绳子下去，窗户上必须留有空隙。空房间里的铝合金拉窗关得严丝合缝，没一点儿空隙。假设凶手顺着绳索爬下了楼，那又该如何关上三楼的窗户呢？谅他手臂再长也搞不定啊。"

"……"

反驳得很有力，可优佳总觉得刚才的论证缺了点儿什么。

很快，她便想到了缺了什么。

"你笨啊，队长。"优佳得意地说，"谁说绳索非要从空房间放下去？这座大楼有四层楼啊。从楼上相同位置绑好绳索，从三楼窗户逃生，这样就算人在绳索上也能关上三楼的窗户了。"

"嗯，我也考虑过这种可能。"

"啊？"

"那栋楼的结构，你有没有概念？"

"没有，我只去过三次。"听到优佳的回答，中西打开放在地上的黑色大包，从里面取出圆珠笔和长条形白纸（像是一张收据的背面）。他把纸放在床头柜上，圆珠笔嗒嗒地在上面画了几笔，然后收起笔，将画好的东西递给优佳。

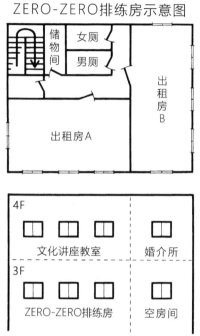

那是大楼的简单示意图。

"上面是楼层平面图（每层的房间布局都一样），下面是三楼、四楼外立面示意图。"

中西边解释边坐回椅子上。

"这座大楼一进门就是楼梯间，对应示意图左上角的通道。

"如图所示。三楼两间都是空房，我们征用了一间作为排练房。四楼是文化讲座教室和大型婚介所的分部。"

"啊，是的。"优佳抢答道，"所以凶手无法潜入四楼。真遗憾，我猜错了。"

"不，你先别急。其实也不完全错，潜入的概率有一半。"

"一半？"

"啊，说来有些复杂，这张图就是用来解释清楚这一点的：上楼得过三个关卡。第一关是大楼的出入口，第二关是每层楼梯口的防火门，第三关是房间的房门。其中第一关在入夜后不上锁，所以不成问题。"

"但楼梯口的门好像无法突破吧。"

优佳想起楼梯口那扇厚重的铁门。为隔音防盗，这道防火门比大楼里其他类型的门都要坚固，而且上下各有一个柱形锁。由于装了双层钢化玻璃窗，所以不会感到阴暗，不过对照平面图就会发现，防火门正好阻塞了走廊内的空气流通。

"一般来说确实不好突破。但正是因为那道防火门太重了，所以才不构成阻碍。你回想一下，我们那几次排练过后，有锁过防火门一次吗？那扇门虽然常年关闭，但只要转动门把手就能打开。不是吗？"

"可那是因为——"

"因为我们要用？我原先也这样想：因为要排练，所以防火门没锁。但这次警察从楼管处得到准确消息——防火门一次都没锁过。"

"是这样吗？"

想不到搬乐器时给他们添了大麻烦的防火门只是个花架子，优佳彻底吃惊了。

"是因为嫌麻烦吧？毕竟开关门都要处理两把锁。"

"是的，防护过度了。当然它并非一无是处，隔音效果是很棒的。关卡毕竟有三道，中间一道放松些也不奇怪。"中西竖起三根手指，又按下其中两根，"那么昨晚对凶手来说，就只剩一道关卡。那便是房间的房门。正巧昨晚文化讲座教室和婚介所之中有一家忘记锁门了，所以凶手有一半的概率成功潜入。"

"哪扇门没锁？"

优佳抓紧被子催促道。从房间的示意图来看，玛丽被杀房间的正上方是婚介所，也是最适合放下绳子的地点。

"是……婚介所？"

"是文化讲座教室。"

中西遗憾地回答。

（某人）

见大厅无人，她来到楼顶。

夜光手表的指针在临近"11"的位置合为一线。

她紧紧抓住楼顶的防护网，透过铁丝网格眺望夜色，城市夜景灯火辉煌。市医院虽然建在高塔市较为偏僻的近郊，却因位于高处，可以比其他地方更能领略到繁华街市的美。

果然，这时的夜景最棒了。

傍晚和深夜，稀稀拉拉的灯光太过寂寥；夜里八九点钟的灯光又太过刺眼。而现在，适量的光亮在黑暗中连成巨大的一片。定睛看去，小小的灯火接连消失在夜色之下——她最喜欢这种感觉。

玛丽是……

当五感沉湎于夜景，这个名字突然闪现在她脑海中。

玛丽应该是个很优秀的女孩吧。

玛丽的死竟让"队长"那般悲伤。哪怕死了，还有人回忆着她的可爱。听那两人的语气，玛丽应是被人所杀。

不过那两个年轻人到最后好像也没弄清凶手是如何从案发现场逃走的，余下的探视时间都在追忆玛丽。看得出那个小伙子打心底里喜欢玛丽，只不过他追忆玛丽显然不仅仅出于"喜欢"这一个缘由……

看过一眼之后，那个小伙子便再没有见到玛丽的尸骸。

"实际上，把优佳送上救护车以后——"

就在临别之际，那个小伙子终于提起这件事。大概是事情过于诡异，让他一直犹豫要不要对那个女孩开口。

"我让 Tom 和 Hes 先去医院，我和 BB 回排练房收拾乐器。在通知了楼管和警察后，我们打算回空房间确认尸体的情况。然后……"那位"队长"的脸色极其难看，"有人湮灭了证据。玛丽的尸体、作案的锤子都被带走了，什么也没留下……"

离谱。

就算高塔市再怎么被称为犯罪都市，也没人有权让这帮好孩子为他们同伴的死而伤心。

这时她发现屋顶一角还有个身影。

会是谁？不会是那个女孩吧！

楼顶的大水塔前，和她一样紧紧抓着铁丝网向外看风景的，正是她隔壁病床的那个女孩。

原来人在这儿啊。

"请问——"

她叫住了那个女孩。她之所以会从无人的大厅辗转到楼顶，也是因为一路跟踪这个好女孩而上来的。

"啊……"

那个应该是叫优佳的女孩似乎立马认出了她。

"是隔壁床的阿姨。"

这个女孩笑容真是可爱。

她觉得自己应该能和这个女孩处好关系。

❷ 裕二

“消失了？尸体也消失了？”

接待的警员发出女人般的高声，狐疑地看着裕子。

在裕子讲述裕二被杀到他们追赶疑凶的那段经历时，这位警员的态度还很真挚，但听到男子逃进停车场后消失无踪了，接着裕二的尸体也消失时，他丢下了之前完美的风度。

“你是说凶手消失后，尸体也跟着消失了？”

“对。”面对着对方嘲弄的眼神，裕子保持着自己最大的尊严答道，“凶手没有交通工具，所以一定住在附近。请帮忙查查这一带有相似身形的男子。还有裕二的尸体一定还没被处理，请你们留意。”

“哎呀……有点难办哪，这都过去一整天了。再说了，您说他没有交通工具，那也仅限于您追逐他的这段时间。有没有这种可能：那家伙开着停车场里的车逃走后，夫人您才冲进去？”

“不可能，那家伙绝对没从停车场里出来。”她含愤说道，“能不能对我有点儿信任！那孩子被杀了啊！”

“我不是不相信您。只是，既没有尸体，所谓的凶手又不见了，我们想出警也无从下手啊。”

年轻警员摸着胡子拉碴的方下巴，面色明显已经不耐烦。虽然比昨天那个没听到重点就着急送客的中年刑警认真了些，但裕子感觉今天再次来报案依旧毫无用处。

"到头来还不是不信我！口口声声说什么'都过去一整天了'，但我昨天报案时，你们不是叫我'先冷静一下，明天再说'吗？两头堵是吧？！"

"不是这样的，我为同事的无礼向您道歉。不过夫人，我已经跟您说过很多遍了，在不能确定是否存在犯罪行为之前，警察也无法积极展开调查。昨天那位同事叫您再等一天，也是想着看今天能否给案子定性。"

"裕二又不是走丢了，一味等待也回不来！"

"话虽如此，但在现下这个时间点，我们只能认定裕……二从您身边走失这个事实，还望理解。当然，此类事件我们也会受理，请在这张纸上填写您的姓名和……"

对方从旁边的塑料公文夹里抽出一张表格放在裕子面前，但裕子这时已经完全丧失了理智。

"够了！我自己去找凶手，不劳警官大驾！"

一通痛快的呵责过后，裕子从椅子上起身。周围闹腾腾的工位登时安静。在众人疑惑的视线中，裕子把呆若木鸡的警官甩在身后，大步朝大门走去。

纯属白等一天。

走出警署大门，伸手招呼出租车时，裕子还在后悔自己竟对警察抱有期待。

"我觉得去几次结果都一样。"——三朗说得没错。

昨天第一次被赶回来时，开车来接她的三朗就摇头说：

"不是我泼冷水。没有尸体，最基本的立案警察都懒得办理……当然我不是说嫂子撒谎，我知道裕二从昨天傍晚就一直没回家。可作案者和被害者都不见了，警察也很难办。"

三朗说得委婉，但很明显，他也不是百分之百相信裕子。于是这几句话又引得两人吵了起来，后半程裕子直接走回了家。

为什么？

怒涛般的激情骤然自体内翻涌而起。风景绵软无力地在眼前扭曲，一直压抑着的眼泪这时再也止不住地夺眶而出。

为什么是这样？裕二、裕二……我的……

裕子自觉背负了全世界的不幸。为什么命运总是夺走她最宝贵的东西？为什么只有她得不到你我与共的幸福？

裕子不住呜咽。即使有辆车停在身边，司机都摇下车窗探出头了，也堵不住她内心的奔流。

"上车吧。"

司机向她打了声招呼，裕子这才认出眼前的"出租车"和三朗那辆宝马一模一样。

"你做得有点儿过了。"听完裕子二次报案的经过后，三朗说道，"既然他们说会受理，好歹把手续办了嘛。"

"可昨天……你还说过……警察靠不住。"

裕子一边抽泣，一边轻敲了下三朗的后脑勺。她不想让三朗看见自己哭花的脸，于是坐在了后视镜照不见的后排位置。

"别打啦，很痛的。我不是说警察靠不住，我说的是眼前这种状况不能指望警察采取什么实质的行动……咦？"

"还不是一样！"

裕子又敲了一下前排的后脑勺。

"都说了别敲，真的很痛。我的意思是，报案后也许能发现一些追查凶手和裕二的线索呢？在警察收集的海量信息中，很可能夹杂着有关凶手的情报。虽然不会直接搜查，但把案情记录在案，之后肯定会有用啊。"

"嗯，也有道理……"

裕子注视着窗外。刚才果然是自己不理智了，于是她拜托三朗重回警署。

"之后再去。"三朗回道，"至少得让警察知道我们的信念。总之，我们先找到裕二再说。"

"怎么找？"

"再去一次案发现场。如果凶手真从停车场消失了，对我们来说也绝不是坏事。换句话说，这证明了凶手具有某种特殊体质。"

"特殊体质？你是说他有特异功能，能穿过水泥高墙和大铁门？"

"穿过铁门？"三朗意味深长地自语，"没准他确实可以。"

"别胡说八道。"说着裕子又拍了一下他的后脑勺。

"别敲了，很痛啊。"

到达停车场时已过上午九点。

只是三朗刚把车开进停车场，又立刻出来了。尽管今天是星期天，但停车场里已经没有车位了。

四月一号，小学开学。

"小学正在办开学典礼啊。"

把车停在路边后，三朗赶到先前下车的裕子身旁，望向对面围墙说道。

低沉的歌声从白色围墙后悠远地飘来。

"好怀念啊，我已经完全不记得这首歌了。"

三朗是从这所小学毕业的，所以颇为感慨。只是他是怎么做到完全不记得校歌的同时还觉得怀念的？跟他在一起，每天都能听到这种逻辑错误。

除了停车场内停满了车外，这里和前天晚上相比也完全变了样。

那晚紧闭的对开铁门此时完全敞开怀抱，两扇门板紧贴着左右侧的墙。透过空荡荡的入口望去，一条短短的黑色柏油路和后方操场的白土地面形成了鲜明对比。柏油路左边连接体育馆，右边通往教学楼，不过这些建筑都只是从围墙后露出头，无法从入口处看到。

铁门右侧立着一块熟悉的白色招牌，上面用各种颜色的文字写着"第 × 级开学典礼"。文字的周围围着一圈粉色和白色的塑料花。粉白交错的花簇不只围绕着招牌，从铁门到旁边的围墙的顶部都摆放着，形成了华美的樱花色镶边。

假花原是用来装扮围墙的啊。

前天晚上，裕子还想不通为什么要准备那么多假花，看到如今的景象她才终于懂了。比起那些看得人眼晕的红白条纹布，这样的装饰不仅气派，还清爽了许多。

"搞得真隆重啊。"见裕子四处张望，三朗附和道，"教职工停车场都装扮成这样，学校大门肯定更华丽。要不过去看一眼吧？"

"现在不是我们凑热闹的……"

"走啦。"

三朗率先走进校园，态度强硬得不同于往日。裕子无奈，只得快步跟上。

两人穿过铁门，走在不长的柏油路上。左手边体育馆里传出的歌声越发清晰，裕子几乎又要落泪了。

那里面，有几十对幸福的母子。

而且他们都坚信这样的幸福是那么平凡而又理所当然。

裕子本该是其中一员。裕二长大后也会念这所小学，作为监护人，她也会幸福地坐在那座体育馆中。

但这一切已成梦幻。命运残酷而无常的拨弄，夺走了她理应拥有的未来。

"别哭了嫂子，总有一天你会来这里的。"

走在前方的三朗突然说了这么一句，让裕子惊讶万分。可他明明没有回头，又怎知她在流泪？

是错觉吗？裕子等待着三朗的下一句话。

看来真的是错觉，眼前的身影什么也没再说。

他在柏油路中断处右转，沿着教学楼和操场间的沟渠走，走了两分钟便到达学校正门内的广场上。

"来到这里花费了……三分钟。"

三朗把手放在装扮得花枝招展的大门上，对着手表确认时间。

"要是走快些，或者像凶手那样用跑的，两分钟应该就能横穿学校。"

"你是为了计算用时才领我来正门的吗？"

"对啊。刚才我们走的这条路可能就是凶手的逃跑路线，除非凶手不止一人。"

"你怎么知道？"

"因为想绕回去，这是唯一的最短路径。只考虑正常路线的话，从停车场回到尸体所在的空地，背对嫂子继续向前跑，即沿着学校围墙绕半圈才最合理。而且前天晚上我想耍帅，所以是背着你一路小跑着绕过这段路。可凶手还是比我们更早地回到空地搬走尸体，所以他只能从学校中间穿过来。"

穿过学校大门，他们左拐走到前面的路上。两人边走边说，来到十几米外的空地。

"假设凶手紧贴在白色小卡车的车底，当然他不可能做到，但假设他能做到，那也只是暂时消失在我们眼前。如果凶手需要抢先一步处理掉空地上嫂子的确曾见过的尸体，那么他就必须只能直接穿墙通过学校。"

"的确曾见过的尸体"——裕子察觉到三朗微妙的表达，但现在再揪着这点不放就有些无事生非了。

"然而，正常人应该没有穿墙而过的神通，也没有飞檐走壁的本事。正门好歹有可以垫脚的铁栅栏，但停车场的铁门太光滑、太结实。这么说来，难道凶手有魔法棒？"

"魔法棒？"裕子隐约觉得这是某种比喻，"是那种一头削尖的短木棍？"

"他使了一道'芝麻开门！'的魔咒，便将紧闭的铁门开出一道口子。"

三朗双手举向天空。

"但，就算犯人有钥匙，"裕子直率地发表意见，"挂锁是锁在铁门外，他开得了门却关不上锁啊。"

"哈哈，要不说你不是内行人呢，那个根本就不是挂锁。"

"欸？"裕子惊呼道，感觉最基本的前提都被推翻了。

"不是挂锁？"

"对啊，那东西骗了不少人，乍一眼还真看不出是个假货。那把大锁是铁门的一部分，无法拆卸，相当于保护锁孔的浮雕，基本上每个人都会被骗一次——其实仔细想想，学校每晚都有值班人员，没必要在后门外挂一把大锁。我听说第一代校长很爱搞这种把戏。"

"停车场有地道之类的洞穴吗？"

"怎么可能有，总之凶手只要有钥匙，就能轻松开门，并从里面将铁门反锁。"

"这样啊。太好了三朗，多亏你对这所小学这么了解。"

"不是的，其实嫂子要是上手摸过铁门，也能注意得到。"

不多久，两人走上大道。这里就是裕子居住的H区最南端——12丁目。

"果然，走快些勉强能到。"

两人经过一栋住宅和一栋大楼后，右手边出现了那块空地。三朗站在入口，言之凿凿：

"我们走到这里花费不到五分钟。凶手走的就是这条路。"

"但果然还是奇怪啊。"

"怎么了？"

前往勤务室的途中，裕子向三朗询问。

"虽说横穿小学可以快人一步，但这样一来，怎么感觉凶手一开始就打算被追进停车场呢？"

空荡荡的走廊上传来两人塑料拖鞋的啪嗒声。在亲眼见到三朗认真查案的样子后，裕子也不知不觉地重拾往日的判断力和冷静。假如三朗是为了慰藉裕子的悲伤才这么做的话，那他无疑非常成功。

裕子不知道有多少年没穿过小学的塑料拖鞋了。不时脱落的鞋后跟勾起了遥远往昔，转瞬又沉入记忆深处。至少她上一次穿这拖鞋时，同道堂二朗还没找她搭讪。

"我倒觉得不一定。比如凶手在学校值夜班，他先是漫无目的地散步，正巧在空地附近碰到裕二，不知道为什么他夺走了……裕二的生命，然后撞上赶来的嫂子，便慌忙逃窜。他只是跑回自己的工作地点，并不知道嫂子为什么追他，这时他想起来还要处理尸体，于是穿过学校大门，返回空地。"

"你的意思是凶手肯定会跑去学校？不对啊，我怎么看都觉得那男人只是偶然跑向学校的。"

她并不想挑三朗的毛病，她只想用反驳的方式确认三朗的思路是否正确，是否能直指凶手。

"为什么会这样想？"

"因为那男人不是按照最短路径跑向停车场的，而是七拐八弯绕了好大一圈，而且我总觉得他每次拐弯时都会犹豫一下往哪里跑。"

"他恐怕是为了甩掉嫂子才这么做的。最后的目的地从一开始就定了。"

"他跑进停车场就能甩得掉我？"

"这就只能问当事人了。或许正因为无论如何都甩不掉嫂子，他才中途放弃。虽然躲进工作地点很危险，但也胜过被嫂子当场抓住。"

这番推理完全说服了追踪当事人的裕子。

好像有希望，裕子这样想。

当然这只是证实了自己的不幸，但比起深尝证无可证的苦痛，裕子相信这样虚渺的希望也不失为一种幸福。

学校里有后门钥匙的人应该不多。

有希望，裕子想。

然而，她错了。

勤务室的位置比本就在教学楼内的食堂还要深，相当隐蔽。三朗告诉裕子，勤务室旁并排设有几间值班宿舍，全校的钥匙都放在勤务室里。

"三朗你怎么会知道这些？"

"不是我自夸，这学校的秘密没有人比我更清楚了。"

"你是孩子王？"

"用当年的话叫'不良少年'啦。"

三朗说着敲响了勤务室的门。勤务室的地点是从开学典礼会场上的一个教工那里问来的。

不多会儿，生锈的合页发出吱的一声尖叫，房门开了。

一个极其引人注目的硕大鼻子出现在眼前，鼻下的人中又深又长，这人的整张脸像被鱼眼镜头拉伸变形了一般。虽然门后的男人给人的第一印象极其深刻，但无法估算出他的年龄。

这个小个子男人身体往后一仰，打量着三朗，问道："你是哪位？"

"我。"

"你是哪位？"

"我。"

"你是哪位？"

三朗憋不住了，终于笑出声来。

"喂师傅，是我啊，同道堂三朗。"

"喂师傅"愣神回想片刻，宽脸泛起红潮，随后说出一句一听就知道他绰号由来的话：

"喂，小三子？是小三子吗？喂！"

从他的说话口吻判断，他年纪应该很大了。

"喂师傅，你还在这儿上班哪。"

"嗯，我硬求着他们把我留下来了。喂，你还跟以前一样嘛，不良少年。"

"别这样叫我啦。喂师傅，我能进去吗？"

"喂。进来，进来啊喂。"

喂师傅嘴角露出了舒缓的笑意，侧身让出门口，三朗随即走进勤务室。裕子有点儿茫然，不知道该不该跟上去。但喂师傅站在墙角，和气地说了声"请"，将裕子请进了屋。

房间里，六张榻榻米直接铺在地上，右手边的窗下有张小桌子，左边的壁橱旁有个带抽屉的书架，除了这两件家具外，屋内没有其他家具了。裕子脱掉塑料凉鞋走上榻榻米，不自觉地回头看了一眼，看见门口右侧的墙上贴了块绿板，上面挂了一串钥匙。

绰号"喂师傅"的勤务工和三朗好像是忘年交，两人相对而坐，直奔主题。

"喂，今天干什么来了？"

"其实是前天晚上的事……"

三朗简短而准确地复述着事件始末，也说出了自己的推理：凶手可能有后门钥匙。

"……喂，所以呢？"

"所以我想问问喂师傅有没有线索，知不知道谁能拿到后门钥匙。应该没多少人的，喂师傅、值班老师……"

"喂，我也包括在内？"

"不是，喂师傅当然排除在外。"

"嗯。"

喂师傅想了想，不禁面露困惑：

"我想应该没人。"

"没人？不可能吧。至少值班老师会拿到勤务室的钥匙吧。只要进得了勤务室，就能拿到后门钥匙。"

"可是前天晚上不行。前天晚上根本没有老师值班。"

"咦？！"

万万没想到临门一脚时被绊倒，三朗很是狼狈。

"因为放春假？"

"不，春假期间也有人值班。但是那晚，学校里一个人都没有。因为我揣着勤务室的钥匙在家里看电视啊喂。"

"这就麻烦了。那么除了这里，还有别的地方保管着后门钥匙吗？"

"除了这里？确实是有个地方啦，不过……"

但喂师傅摆摆手以示没辙。

"在哪儿？很难拿到钥匙吗？"

喂师傅重重地点了点头：

"非常难——校长室。"

两人准备离开。临别之际，喂师傅对自己没帮上忙感到抱歉，并希望凶手能早日归案。

调查进展不大顺利。

没人从勤务室拿走钥匙，偷校长室保险箱里的钥匙更难。三朗从神速收尸推断出凶手是校方人员的假说彻底不成立了。

"奇怪啊。"在玄关前的鞋箱换鞋时，三朗还在喃喃自语，"总感觉哪里搞错了。"

"那个，这么说也许不太好……"裕子对着三朗的背，字斟句酌道，"为什么要排除掉那个喂师傅呢？"

瞬间，三朗斜瞥了一眼裕子，注意力又立刻回到鞋上。

"喂师傅不会做出那种事。听他说话还感觉不出来吗？他待人非常好。我上小学时，几乎每天都去喂师傅那里玩儿。他对学习不好的孩子也非常和蔼——"

"可这都过去十几年啦。人是会变的啊，即使不变，人也不止一张面孔啊。"

"但无论怎么说——嫂子，难道你觉得喂师傅的体形和凶手接近吗？"

"这个……"坦白说，裕子并没有自信，"没那么像，但凶手一身黑衣混在夜色里，也不好判断体形。"

"那么，既然说不清楚那就没办法了。"三朗面朝裕子，语带遗憾，脸上却浮出一丝安心，"无论如何，我们可以暂且保留喂师傅的嫌疑。只是我怎么都不能接受凶手是校外人员，一定有什么方法能快速横穿学校并处理尸体……先琢磨一下，再怀疑喂师傅不迟，不是吗？"

但裕子觉得太迟了。

　　锁定凶手、推理犯罪手法都该退居其次，当务之急应该是尽快找出裕二的遗骸。

　　假如凶手还保有尸体（不知怎的她总感觉如此），在他们推理的同时，裕二也在慢慢失去原本的形态。即使是尸体，在他面目全非之前，裕子也想再看一眼那可爱的脸！

　　此时，一个大胆的计划从裕子那留着美丽红色长发的脑袋里萌发。只是她没告诉三朗自己的想法。

（凶手）

　　当两人离开房间后，男人双手挠头般揪住头发。一旦独处，旁人在场时被压抑的情感就会忽地从胸口涌向嘴边。

　　"啊啊啊……"

　　激情化作低吼，久久激荡着耳膜。这种激动和前天品尝到的危险快感截然不同。激情的风暴裹挟了太多的人情，让他后悔于自己所犯下的变态罪行。

　　疯了，疯了。

　　为什么会做出那些疯狂的举动？他再次自问，但答案并不存在。工作压力？怎么会有压力。孤独？也不对。

　　并不存在一个明确而直接的动机。

　　行凶时对那女人的恨，现在想想也非常牵强。

　　我只是沉溺于谋杀本身。

击杀、绞杀、肢解，为的是一己欢愉。就像孩提时拔光牛虻的六足，用放大镜烧死蚂蚁一样——

况且这次因他而遭祸的不是牛虻。

由此受到波及而伤心悲痛的人也不是蚂蚁。

我……我……

还要继续，男人想。不能只是把尸体搬去那里，还没完。必须让别人完全想不到自己，必须设法嫁祸他人。

如今男人心里已经没有道德意义上的后悔了，更多的是害怕别人知道他的残忍龌龊。

必须想办法做些什么。

他残忍的犯罪即将走向顶峰。

❸ 纯

上午，街角，开门的店家刚刚过半。龙藏和新寺留衣手挽着手前行。

说是手挽手，其实是留衣单方面挎着龙藏的胳膊。没想到仅仅这点儿刺激，就让龙藏面色潮红，两臂酥软。

留衣方才一直在开心地说着些什么，但一个字也没进龙藏的脑子。此时的他正忙着泡在留衣轻柔的音泉之中。

留衣妹妹果真可爱。

和她共度这美妙时光，就好像是……

几欲说出那种睡眠幻觉的学名时，他突然惊醒，慌忙闭紧嘴巴。若真说出口，那可不得了。

"……店长啦，雷津哥。"

"吼欻？"

留衣突然转过脸看他，搞不清楚状况的龙藏发出一声怪叫。

"呼呀。"

还以为留衣会生气，没想到她竟也用莫名其妙的语言跟他对答。

真有趣，龙藏也继续配合。

"哈来？"

"缪哇哇。"

"咻咻咻。"

"雷津哥。"

"在。"

见留衣停下脚步，龙藏也止住步伐。

"说人话吧。"

"好。"

"所以啊，那位就是店长啦。"

留衣歪歪头，夸张地伸出食指，直指前方五间铺面外的兰迪精品店。

雷津大厦一楼入口外，有位女性正擦着玻璃橱窗上的灰。

"小纯呢？"

龙藏还没忘记这个名字。

"貌似没来啊。真的很奇怪，最近怎么都不来了——蓝出姐！"

留衣叫了声那个女人的名字，向店门走去。

"啊，小留衣。早上好。"

走近一看，对方竟是个美女。不过她妆化得非常好，要是把眼影去掉，还真不知道那是一张怎样的脸。许是经营精品店的缘故，轻薄质地的米色套装穿在这位三十来岁的丽人身上尽显潇洒。

"好久不见了呢。看你这副打扮……今天学校不上课吧。"

也不知这位蓝出店长是在看短裙配粉条纹衬衫的留衣，还是在看她身后的龙藏，总之她转过身体面向两人说道。

"从四月一号起就不用去学校了，反正无聊，就来我哥这里看看——啊，这是我哥的朋友，雷津哥。"

"你好，初次见面。雷津……该不会是这栋大楼的所有者吧？"

"对，是有点儿关系。"

龙藏轻轻点头。虽不至于才"有点儿关系"，但他不会傻到主动标榜自己是继承人。

"昨天店里是不是没开门？留衣早上没看见您还很担心呢。"

"嗯，昨天有点儿感冒。不好意思，让小留衣担心了。"

"没事。"

"不过小纯应该来了吧。"

"不，小纯没来。"

"欸？没来？"店长脸上闪过困惑，"奇怪。她不知道我感冒了，我还以为她会自己过来呢。"

"她今天也没来吗？"

"对啊，真的很奇怪。九点多了她还没来，真是头一回。这都快到营业时间了。"

她说着看了眼店里的时钟。龙藏也看了眼手表——九点二十八分。店门口玻璃上写着"AM9:30—PM7:30"，果然快到营业时间了。

"小纯是这里的店员吗？"

虽然在法式精品店里叫"店员"有些奇怪，但龙藏并不懂个中精妙，自顾自问道。

"'店员'？嗯，也可以这么说。"

果然这种说法不太妥当，留衣咬唇笑道：

"那孩子特别可爱，特别是那头像在燃烧般的红发。"

"对，她是我们店的吉祥物女孩。"

女店长也骄傲地笑了。

"但一连两天没来，有点儿担心呀。"

龙藏说完，其他两人点点头并望向道路远方，似乎在期待迟到的小纯会从那个方向匆匆赶来。

只是这条刚开始恢复生机的街上连一只流浪狗都没看到。

"对了，蓝出店长，我知道有个人能找到小纯。"

留衣捂嘴沉思良久后，突然说道。

"欸？真的？"

"真的，不过要付些小酬劳，如果小纯不见了真的让您困扰，那……"

"肯定困扰！你说的那个人是谁？"

留衣微笑着用手指指向脑袋上方。

"嘿，早饭来了。"

回到新寺仁侦探事务所二号接待室，两人把塑料袋重重地放在桌上，大声说道。

"啊，啊，好快啊……"

新寺从沙发上起身，说话声也迷迷糊糊的。

看来刚才又睡着了。

这位名侦探，在早上最打不起精神。侦探事务所开张后，虽然他每天都会在九点钟准时开门，却会拔掉电话线，躺在沙发上睡到自然醒。这并不是说新寺有起床气，主要是这段时间他的判断力会很迟钝。上学的时候，龙藏就尽量不在中午前打扰他。

今天也一样，要不是被留衣拽着"要给哥哥介绍一个最棒的案子"，他才不会在这个点上楼来见这位前辈。

"还睡！不健康哦。"留衣指着新寺耷拉的眼皮说，"你不会是为了睡觉，才打发我们去买早餐的吧！"

"不是不是，啊，看着很好吃嘛。"

新寺慌忙从塑料袋里拿出便当和罐装绿茶搪塞道。

衣衫不整，头发蓬乱，眼前的新寺和下午、晚间冷峻的侦探判若两人。

"案子呢？"

"嗯？噢，还没来。"

"是呀，电话线都拔了，哪里会来案子。"

大概没想到会被揭穿，小口啜饮绿茶的新寺竟被呛得连连咳嗽。

"不过，刚才下面有位委托人想跟你见面。"

"欸？什么情况？"

"楼下精品店的店长想委托哥哥进行调查。这是个扬名立万的好机会，恭喜。"

委托事项都还没听，新寺就一脸苦相，估计是觉得这委托肯定无聊。

"是这样的，留衣，这种小委……"

"不行。你想反悔？"留衣双手一拍桌子，"你保证过的，今天头一个委托肯、定、接！还是说你有什么要紧的事，不得不推了楼下那人的委托？"

"没，那倒没有。"

"那你就接啊。雷津哥刚才也在场，他还答应要接这个案子呢。"

新寺的视线越过留衣的肩头，怨气冲冲地瞪向龙藏。龙藏则避开前辈的视线，抬头吹起口哨。

"好吧。什么案子啊？"所幸上午状态不佳，新寺无力争辩，只得无奈询问。

"记得小纯吗？每天都会来楼下精品店上班的小纯。"

"啊，就是上次提到的那个吧。"

"那孩子昨天和今天都没来店里。"

"然后呢？"

"没啦。"

新寺无语地按了按头，仿佛在说"我就知道果然非常无聊"。

"你要我调查什么？"

"当然是搜索行踪啊。"

"这……不管她，等她自己回来不行吗？"

"说得轻巧。那孩子来店里已经三个星期了，除了每周一店里休息，其他日子一天不落地都来。"

"你知道那孩子住哪儿吗？"

"店长也不知道，所以她才委托你的。"

"什么无能店长！别人来店里帮忙，难道不该先问下联系地址吗？"

新寺苦笑着，"啪"地掰开一次性木筷。不过龙藏在新寺的苦笑声中注意到他眼里的辉光，那是侦探起兴时独有的辉光。既然无法直接查到小纯的住址，那他应该乐于用点推理手段确定她的住处。还是说，他从刚才的话中捕捉到了某些更为有趣的要素？

"总之事情就是这样。如果有需要，我也可以帮忙，不过，调查费可能会少给点儿。"

"要说帮忙的话，有雷津君就够了。"

"我无所谓，我有空。"

终于能给名侦探当助手了！虽然内心雀跃，但龙藏还是装出平静的样子应了下来。

但就在这时，留衣突然异样地眯起眼说："啊，这个表情。哥，你不会又憋着什么坏，要捉弄雷津哥吧？"

"捉弄他？岂敢岂敢，捉弄他的人是你吧。这次调查是个体力活，我只是想要个优秀的助手罢了。"

新寺当场否定了妹妹的直觉，但又透露出那种恶作剧般的坏笑。

一旦开工，侦探的行动还是很快的。

听完委托没多久，他便出门调查。此后两个小时，留衣和龙藏当起了事务所的接线员，不过新寺临走时也说了只有两三个电话要接，其余时间两人都在开怀畅聊。

在心中尚无一定把握时，新寺通常不会告知龙藏调查的进展。这并不是因为害怕暴露了错误而出丑，而是他不想让整理资料的龙藏做无用功。这也是他做侦探的信条。

当新寺回到事务所时，时针即将指向十二点。

"我回来了。"

气喘吁吁进门来的新寺完全恢复了往日知性的表情。

"回来啦。有什么发现吗？"

面对龙藏的提问，新寺绕到办公桌后，将手中的外套搭在椅子上，随后说道：

"还不是太清楚，但查出一些很令人在意的事情。"

"很令人在意？"

"对，虽然我的想法可能全错，但没办法，常规线索全断了。"

"常规线索全断了？所以你现在是靠瞎猜？"

坐在龙藏对面沙发上的留衣也问道。

"嗯。我先去楼下精品店找委托人了解小纯的具体情况。我想着就算不知其住处，也总能问出些别的，结果白费工夫。唯一可以确定的是：从昨天起，小纯突然毫无征兆地没有来上班。就像你说的，这很不正常。"

"对吧。"

"这样看来，卷入某起事件的可能性就比较大。理由有私人情报和公开消息两点。所谓私人情报，是我目击到有个可疑的家伙曾在楼下精品店前晃悠。"

"咦？什么时候？"

"前天，就是小纯不见的那天。三月……三十号吧。我记得是下午，接近傍晚，我见那人鬼鬼祟祟地出现在大厦前的人行道上。总共三次，不，是四次，每次经过大厦前都放慢脚步，四处窥看。我当时在接电话，一直站在窗口。刚开始还以为那人在监视我，但现在想想或许……"

"是在偷看店里的小纯。"

"没错。"

"是男是女？"

新寺没有坐回椅子，沉思片刻后说：

"男的吧。不是很清楚。总之，我记得他从头到脚一身黑。"

"一身黑。嗯……"留衣沉吟着，好像想到了什么，"楼下的怪人，之前你怎么没说？"

"这个嘛，如果你从这里俯视楼下的路，会看见不少人在精品店门前徘徊。有些人羞于入内，有些人只看橱窗……所以徘徊这个行为本身不稀奇，问题是时间点。那个一身黑的家伙晃悠过后，小纯就没再出现了。"

"你的意思是那家伙和小纯失踪有关？"龙藏插嘴道。

新寺点点头："当然，就像我之前所说的，可能只是我想多了。但疑点一直留在我的脑海里，我现在也不想忽略。"

"那公开消息是指？"

"虽然还没人将这两件事情联系在一起——"

这与他之前分析四起看似独立的案件，得出是连续杀人事件并推理出真凶时的开场白如出一辙。

"但在最近两个月里，有两位女性遭受无差别伤害，被害人之间没有共同点，凶手也一直没落网，甚至连是不是同一凶手所为都不清楚……"

"没有共同点，你又为何将它们串联在一起呢？"

"因为我发现了一个共同点——两个被害人都拥有一头漂亮的红发。"

只因红发就遭袭，这也太荒唐了。

因历史上外国人曾数次移民于此，故而高塔市人多有一头红发，且因世代交融繁衍，主体人群的黑色眼珠几近棕色，张扬的红发也兼收黑发的沉稳。就龙藏所见，世界上还没有哪个国家拥有媲美本市人的美丽红发。

万万没想到，红发竟是两宗无差别伤害事件的唯一共同点！"因美丽而惹祸"说的就是这种情况吧。

当然，点出这一事实的新寺一再自我反思——这样联系确实太过牵强——也不奢求龙藏他们听后会立即接受他的观点。只是眼下这起失踪案和前两起伤害案都跟美丽的红发有关，以及有新寺仁名探头衔的加持，两人不可能对此假设一笑而过。

两起伤害事件分别发生在二月中旬和三月上旬，时间上非常接近。

第一案中，被袭者是一名三十多岁的主妇。周六早上，她于买菜回家途中，在一条无人小路上遭袭。主妇背后遭击倒地，罪犯再次击打其后脑勺，待其完全丧失意识后，抢走她的钱包项链等财物潜逃。

第二案中，被害人是一名放学回家的女初中生。事发当日，她与朋友道别，抄近道横穿家附近的公园时，被草丛中蹿出的蒙面男子抱住，拖入公共厕所。因女生在挣扎期间发出尖叫，暴徒便掐晕了她，并且赶在循声而动的居民到来之前，从便池上方的窗户逃走了。

主妇身受重伤，需要四个月才能痊愈。女初中生在昏迷一周后奇迹般地恢复了意识。

犯罪动机、犯罪日期、犯罪手法、被害者年龄，再加上两案相距五公里，一切线索都非常零散，甚至到了新寺仁口中"过于零散"的程度。不过只有一点除外，主妇和女初中生都有一头极为显眼的红发。

"的确，从年龄到体格，两位被害者都大相径庭，唯有发型、发色非常相似，我总感觉其中暗藏玄机。反过来说，罪犯或许正是为了隐藏这个共同点，才做出如此悬殊的两起案件。"

穿过高塔警署的白色大门时，新寺仁仍热切地滔滔不绝：

"常人很难理解这种感觉。共同点只有一个，不同点却有许多，大多数普通人，包括查案的警察，都会理所当然地将其视为两起不相关的事件。所以在找到确凿证据之前，我并不打算公开这一结论……不过，你一直在协助我，应该能理解我这种特殊的思考方式吧。"

的确，龙藏能理解新寺所说的话。不过假如红发真是共同点，那么毫无疑问，证明这一点要比他们之前处理的所有案件都要困难。

没想到精品店的小委托竟与大案件相关。

"名侦探不找事件，事件吸引名侦探。"世人皆知的名言在龙藏脑海中浮现。还有，可能这么想不太严谨，但比起伤害案，名侦探跟杀人事件更配。

"哎呀，新寺先生！好久不见……不过您总是来得不凑巧。"

"怎么，现在很忙？"

"不忙。"

在莫名其妙的玩笑下，额田警部补①照例接待了龙藏他们。身材魁梧有安全感，却长了张根本压不住凶犯，堪比福神惠比寿的笑脸，逢人便说不明所以的冷笑话，这就是高塔署的刑侦老大——"额头儿"。

"我明白了，我们不仅不招人待见，还被老天嫌弃。可是对不住，今天还要向额头儿您请教一事。"

"哈哈，好说。"警部补笑容可掬，反手关上门，指着走廊边的长椅说，"那是长椅。"

"我知道。"

"要不坐下聊？站着说话累，我办公室也不方便外人进。"

见额头儿指着长椅，本以为是要让新寺他们坐，岂料他开口介

---

① 日本警察阶级之一，位居警部之下、巡查部长之上，负责担任警察实务与现场
  监督的工作。职位相当于中国的三级警督。

绍长椅，让他们一时手足无措。额头儿说笑的时机成谜，"笑"果很冷。

新寺和龙藏坐到长椅上。额田警部补站着从口袋里掏出香烟。

"那么，是什么事？"他点燃香烟，将火柴扔进垃圾桶顶的烟灰缸，注视着新寺，"又发现了什么隐藏罪案？"

这句话背后夹杂着厌恶和期待。厌恶的是这位年轻的犯罪学家总是突击来访，指出警方的调查存在问题——他总是对的。这位素人侦探一次次地帮他们解决了各种疑难案件，协助了警察的工作，让他们对他有所期待。

"唉，没到那种程度。只是身边有件怪事，想托您查点信息。"

"一年前的案子承蒙新寺先生关照，能帮忙的我尽量帮，只是——"

"我明白。调查中的大案、要案不能透露。您只透露些权责范围内允许的新消息就好。"

"嗯，所以是什么事啊？"

额田警部补嘴叼香烟，双手插在西裤口袋里。

"昨天和前天，市里有没有发生什么跟红发相关的案子？"

"红发？红发凶手？"

"不，是红发被害者。应该不至于出现红发尸体，只是些……比方说有没有什么红发市民受到伤害，又或有没有人目击到现行伤人事件？无论多小的事件都可以。"

"可既没姓名，又没案发地，光一个红发，是不是有点……这两天积案如山，其中应该有红发的被害者。"

"不是那种，我想要的是那种还没解决，甚至都称不上案件的小事。"

"没解决的啊，小事……哦，有了。"警部补好像突然想起什么，睁大了两只小眼睛说，"今天早上有个人在这里吵吵嚷嚷的，不过那时我不在场。"

"今天早上？"

"没错，大闹一通。不过她报的案是前天晚上发生的。被害者也是红发。不过呢——"警部补自顾自地咯咯笑道，"根本不是什么值得调查的案件，完全是在胡闹。"

"没关系，即使您认为不值得调查，也请告诉我。"

新寺的口气强硬，就差说出"是不是胡闹得由我来定"。额田警部补笑着点点头，然后告诉他们，报案人是一个叫同道堂裕子的年轻寡妇。

第三章

Chapter. 3

三次接近

"那么，到底是怎么回事？"

我压抑不住内心的好奇和恐惧，忍辱质问。

"有人在撒谎——这样解释最为合理。"

"那么凶手是谁？"

"松下君，你还和以前一样性急。直接跳掉中间的推理分析，直指结论，这可不是个好习惯。说起杀人事件，在没有看到尸体之前是根本无法成立的。"

高木彬光《老鼠的贡品》

〔局外人〕

"前天是业余乐队，昨天是同道堂家的寡妇，今天又是新寺仁吗?"侦探走后，额田警部补对他说，脸上露出了从未有过的苦涩表情。

"真奇怪呀。"

"是啊，也就是说那天晚上依次发生了玛丽、裕二、纯这三起同类案件（当然报案顺序并不一致），且目标均为红发。除了最后的纯，另外两具尸体和凶手都消失了——还真不能认为它们毫无关联。"

额田警部补坐在房间最里边的办公椅上，低声埋怨道："前天那帮玩乐队的不着四六地胡说一通，我还认定他们是疑心生暗鬼，自以为遭贼了，为了引起我们重视，所以瞎编了一些怪力乱神的情节。毕竟，报案时说的'有强盗! 女主唱的头被打!'这听上去就像在扯谎，我甚至怀疑是否真的有人侵者。"

"欸，咱俩想一块儿去了。我当时也觉得'不会是他们自己袭击了女成员吧'。"

他并不直接负责此案。只是报案者坚持凶手和玛丽都诡异消失了的主张，次日在署里引发热议，他因此才知道。

"还有今早我接待的同道堂家的寡妇，那眼神一看就不正常。什么尸体和凶手都消失了的疯话，肯定是瞎编的。"

"在理。不过万一新寺所说为真，那可是三起……"警部补点上烟，露出除同事之外无人得见的焦躁表情，"无论如何得先找到玛丽和裕二的尸体才行。能藏两具尸体的地方，我不觉得有多少。"

"也可能是三具哦。"

他竖起手指，警部补心领神会地"嗯"了一声。

"可能有三具。"

他对自己的见解甚是满意。比起尸体的下落，浮现在心头的反而是寻尸之人。那个对他破口大骂的红发美妇，还有刚才来打听玛丽和裕二的"骷髅"侦探。

唉，又忘刮胡子了。他一只手托住方下巴，心中默念，转向桌面的文件。

（凶手）

男子再次注视着眼前那排令人作呕的秽物。

尸体、尸体、尸体和头颅。

"玛丽""裕二"，还有"纯"……

除了名字外，他对他们的年龄、生活经历等信息一无所知。唯一能确定的是，他亲手抹杀了这三人的现在和未来。

　　啊，我凭什么享有这种权力！

　　男人再度发出灵魂的呐喊。他知道，至少有两个人会因他的杀戮而悲伤。而今夜是他在尸体前悔过的最后一夜。

　　等到明天，这些东西就不再归我所有了。

　　呐喊亦是一种舒心。

　　对，等到明天……

❶ 玛丽、裕二

优佳觉得东西买多了。就算全是蔬菜，她一人也吃不完这些。

头部检查结果一切正常，但现在看来，她对数量的感知还是出了点儿问题吧。

优佳将手肘支在桌上，手托着腮，呆望着桌上的一大袋食材，独自苦笑。

出院当天，久违的无事可做的下午，优佳便去逛街采购。打工的店和乐队那边得知她出院，都说要一起庆祝，但全被她婉拒了。住院两天出院也要庆祝，优佳觉得实在太丢人了。况且，老实说，和那些家住市中心的女孩不同，她手头拮据，没钱随意参加聚会。

买了做晚饭的食材（只是些没处理过、用来做沙拉的蔬菜），回到昏暗的房间，电话里有几条留言。

基本都是中西帮忙联系后打工的店的回复："好好休息，早点儿回来。"自相矛盾。即便如此，优佳听了这些话，心里还是暖暖的。

最后一条留言里竟是中西的声音：

"（哔——）啊，优佳？是我，中西。到了医院我才知道你白天就出院了……那个……没什么大碍我就放心了……不过，你积劳成疾，还是得在家好好休息。打工的店那边说暂停一周问题不大……那么，十天后再会。"

一留语音就紧张结巴，确实很"中西"。沉浸在神奇的安心感中，优佳将那段磁带录音反复听了三遍。

好吧，既然蔬菜买得多，那就做炖菜吧。

优佳从榻榻米上站起来，留下包装好、未拆封的净菜，剩下的都拿去了厨房。

她从中取出黄瓜和胡萝卜，放到水池中冲洗。不知为何，玛丽的模样又浮现在脑海中。

是胡萝卜吗？

半晌，优佳才明白为何自己又想起玛丽。红润润的胡萝卜让她下意识想起了那头红发。

优佳常会不经意间提取信息，在脑海中拼凑出奇怪的东西。前天晚上在走廊上那种莫名的感觉就是一例。今天早上读报时，她还在字缝里瞥见"女中音""ZERO-ZERO"，细看之下却又找不见了，查完整个版面才发觉原来是自己将右上角的"……女中学生"和左侧中段的"其中音乐会部分……"拼凑成了"女中音"。

除了胡萝卜，或许潜意识刚才还抓取了更多的要素吧。比如"伤"，比如"死"——但优佳没想太多的理由。看到胡萝卜就立刻想到玛丽，是她对玛丽的诚实。

关于玛丽的死，她还是想不通。

恐怕是因为目击到玛丽惨死的同时她猝然昏厥，最后一面只有匆匆几秒，然后玛丽的尸体就消失不见了。假使玛丽现在突然和ZERO-ZERO 成员们一起出现，大喊"愚人节快乐"，优佳的内心也激不起一丝波澜。

只可惜今天才是四月一号愚人节，不是两天前。

听中西说，警察到最后都没立案。大楼里未见失窃，也没找到尸体。目击到闯入者的……啊，不，捕捉到闯入者踪影的只有优佳和 BB（且只有 BB 能做证）。所以明眼人都看得清楚，这件事立不了案。警方单方面将事件定调为玛丽任性地自行消失，到最后甚至怀疑是 BB 他们推倒了优佳。

太荒唐了。

警察无疑对他们有偏见。虽说他们五人不甘平庸、追求刺激，但是半开玩笑地把谋杀和犯罪的帽子扣到他们头上，是可忍，孰不可忍。

优佳生气地将案板上的胡萝卜切碎。

就在这时，厨房旁边的宿舍门外传来一阵东西倒地的声音。

一瞬间，她以为这座老破公寓的墙体又发出了响声，但转念一想，刚才的也不像房体的结构噪声啊。

"谁？"

是人声，优佳试着开口问道。

"是我……"

微弱的声音从门缝下方处传来。声音很熟悉，至少刚才她连听了三遍。

优佳赶紧用毛巾擦了擦手，急忙跑到门口。当她转动门把手推门时，感到门外有很强的阻力。她试着推了好几次，终于门外的阻力猛然一撤，房门推开了。

"队长！"

优佳一个踉跄踏出门，低头看向脚边来人。

满脸通红的中西智明紧闭着双眼靠在墙上。

人们过夜的方式应该有无限种吧。

比如在耀眼星空下，也许有对男女在互诉百结愁肠。但也可能有个身怀怪癖的男人正看着裕二不断腐烂的尸体，露出残忍的微笑。

而我现在要去揭露那家伙的恶行。

站在木制小屋玄关的门前，裕子思考过命运的林林总总。

裕子确信那个叫"喂师傅"的小学勤杂工就是凶手。这么说绝非出于她模糊的直觉，三朗上午的"验证"明确证实了他就是凶手。想要尽快处理裕二的尸体，必须横穿学校。而那晚能拿到后门钥匙的只有他。

思来想去，这不就是真相吗？

三朗的谨小慎微完全站不住脚。他只是受情感牵绊，被蒙蔽了双眼。小时蒙恩，久别重逢，自然不愿将忘年老友视为神经错乱的凶手。事情如此明了，一味否定毫无意义。

无论如何，一切都取决于今晚冒险的成果。

是的，冒险。一场裕子这辈子做梦都没想过的大冒险。

白天三朗将裕子送回家，与他告别后的裕子立刻重返小学（本

来是要回警署报案的，但他俩都忘了），站在校门外等待开学典礼
结束。下午三点，她终于看见收工的喂师傅，随即跟在他身后。老
人走了很久，走进一幢木制房屋。这里距离裕子家不远，看了眼
门牌，门牌上写着他的本名，而更大的收获是——裕子知道他一个
人住。

不过周围太亮，无法行动。裕子暂返家中，等待太阳落山。其
间三朗来过一次电话，问她去不去警署。裕子谎称此刻身体不适，
明天再去。

晚上八点。虽然时间还早，但在老人没睡的情况下比较容易辨
别他的位置，更方便潜入他家。她这次也选择了和前天晚上杀害裕
二的凶手相似的装束——一身黑衣出门。

就是那儿。

面向院子的小屋亮着光。窗户没挂窗帘，但因为装着毛玻璃，
看不清室内情况。

裕子无奈，从窗下绕到屋后，立刻发现一扇窗户黑着灯，但窗
户反锁，怎么推也推不动。

经过那扇窗向前走去，经过一排木板墙，一个家用洗浴锅炉突
出来。许是长期不打理，烟囱锈迹斑斑。锅炉左边好像是浴室的铝
合金小窗，裕子戴上手套抓住滑窗边框，用力一拉。

一声轻响，窗户打开了。

"你喝酒了？"

优佳费了很大劲儿才勉强把中西拉进房间。

　　其实不用问，中西喝醉了。不胜酒力的中西烂醉如此，优佳之前也只见过两次。一次是去年夏天，因为中西上个乐队的粉丝痛批ZERO-ZERO首场演出演奏差劲儿；另一次是之后某场现场表演上，同一批粉丝跟着音乐摇摆——总之，只有在大悲大喜的夜晚，他才会露出这般丑态。

　　"发生什么事了？"

　　优佳措辞尽量柔和。星期天的晚上，虽说才八点半，但一个男生怎么可以酒气熏天地来独居女生的家，可面对中西，优佳竟没有生气，奇怪的是，她甚至没发觉自己竟然这么大度。

　　"……"

　　中西没有回答，突然扑在桌上，随后一动不动了。要不是那粗重的呼吸，优佳还以为他死了呢。估计是醉酒后睡着了。

　　"喂，队……"

　　本打算说些什么，但见此情形，优佳放弃了。

　　唉，算了。

　　就照顾他二十个小时吧，毕竟我之前跟他现在也没什么两样。

　　算清楚人情账之后，优佳暗暗松了口气：没一点儿理由来说服自己，她还真无法接受一个男性闯进家中。

　　他一定是在附近喝完酒，然后拼尽全力走过来的。

　　但你喝醉就喝醉吧，为什么会来找我？队长真奇怪。

　　在ZERO-ZERO成员中，知道优佳住处的恐怕只有中西智明，他来家里总比Hes他们闯进家门安全多了。事实上，自ZERO-ZERO成立后，中西只来过一次，更遑论造访时神志不清，他不是这种性格。

今年春天不冷，但这样趴着还是会感冒。优佳想拿条毛巾被给他盖上，便转身走向壁橱。

"……优佳！"

中西突然大叫一声，喊住了优佳。许是叫嚷带动了腹部，威士忌的味道扑面而来。

"哎呀，你醒了啊。"优佳心跳不停，弯腰站在仍趴在桌上的中西身边，"如果醒了你就再坚持一下。知道这里是哪儿吗？——是医院。"

"胡说八道……"中西哼哼道，脸仍贴着桌面。

"哟，你果然清醒了。那么你是明知我老家在哪儿，特意跑过来的咯？"

"唉。"

中西猛然从桌上抬起头，像被晃了眼睛似的扫视四周。他立刻识破了优佳的谎言，看着她说："……你别诓我了。"

"知道自己醉成什么样了？"优佳笑着说道，在中西对面坐下，"你究竟在搞什么啊？"

优佳幽默地微微摇头，故作郑重地说道：

"你在附近喝酒？啊，在这之前，要先感谢你在我住院时的照顾。"

"啊？啊，啊，不是……"

眯起的双眼慢慢恢复正常，中西低下了头。

不知道他在想什么。他一直半张着嘴，突然面色郑重，搞得优佳不由得口拙起来：

"？"

"优佳。"

"我在。"

"我……我……刚才喝醉了。"

优佳扑哧一声笑了出来。什么啊，表情这么严肃就是要说这个？

"讨厌啦，这不是一看就知……"

"但是，喜欢你。"

"……欸？"

一时间，优佳没弄懂中西的话是什么意思。不，应该说她瞬间就懂了，但体内的某种力量还在遮掩她得出的结论。

不管怎样，看着中西那双红得可怕的充血的眼睛，优佳半晌也没弄懂这意味着什么。

身材娇小换个说法叫身形轻盈。浴室窗口狭窄，但足够裕子穿过。

踩着炉盖钻进窗户，下面就是不锈钢浴缸。要想不掉进浴缸，她只能踩着浴缸边沿下地，或者直接跳到地上。可惜她的脚够不到浴缸，所以只能直接跳了。

光线昏暗，瓷砖地面看不真切。如果有肥皂水，她必定会滑倒，要么受重伤，要么发出巨响——无论发生哪一项，故事就结束了。

没多犹豫，裕子松开抓紧窗框的手，跳了下去。

略有踉跄，但安全着地。她褪下一小截手套，用手腕触碰地面。果然，地面多少有点儿水，多亏她穿着运动鞋，不用担心。

裕子理了理裤脚，走出浴室。铝合金推拉门意外地发出"咔啦咔啦"的动静，吓得裕子起了一身鸡皮疙瘩，但喂师傅似乎并没听到。

轻轻打开更衣室的门，右手边是一条走廊。走廊尽头的纸门上透出灯光，应该是刚才看到的亮着灯的房间吧。她决定先从手边的房间开始搜。

浴室位于走廊的尽头。出门后左手边只有一扇门，像是厕所。裕子朝透出光亮的房间走去，先潜入了走廊右侧的两个房间。两个房间被打通，用厚纸拉门分隔开。看来这两间日式和室除壁龛外没有任何陈设。裕子返回走廊里。

从厕所开头，走廊的左侧由近及远依次是厨房、楼梯和玄关。在厕所和厨房一无所获的裕子随即上楼。走在古旧但结实的楼梯上，只要多加注意，完全不会发出嘎吱声。

来到中间的缓步台，裕子稍微缓了口气。她能清楚听见亮灯的房间里电视机传出的声音。"接下来——"好像是八点的猜谜节目主持人的声音。

嗯？不只。

除了电视的声音，还有说话声。有客人？这声音好像在哪儿听到过，但因为和电视里的人声太接近，分辨不出是谁。明明喂师傅的对答声那么好认。

算了，不管了。

总之有客人帮忙牵制，正好方便她行动。裕子吸了口气，左转
九十度，爬上后半截楼梯。

二楼有三间和室。

第一间像是书房，里面全是书。第二间是个卧室，只放有被褥
和小桌子。

最后的一间应该是储藏室，里面放着很多家用品和瓦楞纸箱。

一踏足这个房间，此前全无斩获的裕子就感觉到这里可能藏着
什么。她押宝似的靠近最里边的柜子。房间本来开有小窗，但窗口
被柜子遮掉了一半。虽然透了些许路灯的光亮进来，但房间仍特别
昏暗。

押对了。

不知为何，柜子左下方几个抽屉的把手上纤尘不染。

裕子眼睛一亮，从下面依次拉开抽屉。一个，两个，三个。

自下往上数第三个、把手灰尘最少的抽屉最深处，静静放着一
片东西。它很小，一头微微收尖如椭圆。四周较薄，中间厚实，像
一块层层叠叠起皱的厚布——这是一只耳朵。

"……！"

裕子喉咙深处发出哀鸣。这绝不是抽屉里藏着耳朵有多诡异，
而是因为她太过熟悉这个耳朵——这个世上她最为珍视的他的、自
己不知吻过多少次的耳朵。

耳朵连同周围大约五厘米宽的头皮被割下。比起割下来，感觉
更像是硬扯下来的。如果街灯能再亮上三倍，她就能清楚分辨出耳

朵周围的头皮已经开始腐烂。

然而，耳朵上乱蓬蓬的柔软红发，仍和裕二生前一样，闪着火一般美丽的颜色。

"喜欢你啊。"

中西智明又重复了一遍。优佳的脑子里则是一片混乱，不知道该如何开口。

姑且先顺着对方的话说吧。优佳道："喜欢……我？"

中西避开优佳的视线，目光落在桌上包装好的净菜上。也许他并非有心关注，但优佳觉得被人发现自己要吃什么有些尴尬，便慌张地把它们拉到面前。

这一瞬间，中西用快得不可思议的速度一把抓住优佳的手。

"……！"

"优佳，我喜欢你。"

意思明确，语气坚定，不给优佳任何装傻充愣的空间。

"我一直喜欢优佳。早在 ZERO-ZERO 成团时……不，更久之前就喜欢你了。"

中西紧握优佳的手，他的手又热又干，心里话却如决堤的洪水。

"最开始，见你在观众席跟着演奏摇摆时，只觉得你很可爱。但你在前年岁末的 Live House 自愿报名演唱时，我真的喜欢上你了。想和你一起，想和你融为一体。"

中西的说法有些怪，分不清是在说她的表演还是她本人。

"这种感觉从来不曾有过。正因为是第一次,我说不出口,就这样忍了一年,直到今天喝成这样……挺尿吧?太逊了,对吧!我都觉得自己太没用了。但……但现在我无论如何都想让你明白我的心。在医院时我就想对你说的,可惜没能说出口。白白浪费了我们独处的时光。还有啊,我就是个胆小鬼,你醒后我也还是没胆量表白……优佳,你知道吗?在你睡着的时候,我吻了你三次。"

"啊?!"

优佳这才后知后觉地用那只自由的手护住自己的嘴。

"其实这样也没什么吧,你会原谅我的吧……守着心爱的女孩二十个小时,这谁忍得住……不过也没什么,平均七小时才亲一次……"

中西戴上泫然欲泣的面具粉饰太平。可初吻没了,道歉又有什么用?

"……过分。"优佳气得低下头,"队长,太过分了。"

想说的还有很多。但,就在她拼命整理思路的时候,却没注意到中西越过桌子,压在她身上。

"优佳……"

待她终于看清对方动作时,视野里只有中西因为兴奋而青筋暴突的太阳穴。从他打战的双唇呼出的每一声都不是她熟悉的声音。不,今晚的中西从一开始就和平常完全不同。

"不要啊!"

优佳拼命想推开强吻自己脖子的中西,但因为右手被钳制住,她只能用左手阻挡。野兽先是享受了片刻这番抵抗,然后又牢牢抓

住她的左手。中西右手如手铐般锁住她的双腕，强行将她的双臂拉
过头顶，将举手投降般的优佳推倒在榻榻米上。

优佳本想踢他裆下，但男人的腿已经伸进她穿着牛仔裤的双腿
间。男性的力量远超想象，而且完全不像发自他本人的意识。

"不要啊，队长！求你了，不要呀！"

优佳叫喊道，但此时的中西已不是中西了。

"得了吧，又不是第一次了。"

男人说出令人难以置信的话。然后，他将空出的左手放在优佳
的侧肋处，一把将她衬衫下摆拉到腋下。优佳能感觉到他的手指钩
起她文胸的带子，啪的一声弹在身上。

"不要！我……"

"BB 那类人就那么好吗！"

在激烈的喘息声中，中西突然脱口而出一句出人意料的话，他
的动作也随之僵住。优佳也不觉忘记抵抗，飘散而来的威士忌的气
味迅速侵入她的意识。

"我怎么可能不知道？你总在乎他喜欢什么！你……你根本不
知道那家伙的真面目！"

"真……真面目……什……什——"

优佳听出自己的声调变高了。

"我骗了你！"

中西说着不着边际的话，转眼又激起欲望，身子紧贴在优佳胸
前。优佳拼命吸气想要大声呼救，但中西察觉到了她的意图，直接
用嘴堵住了她的唇。

"……！"

优佳挣扎着发出含混的哼声，眼前只有中西的脸。在目力不及的下腹，她感觉到牛仔裤的拉链被拉开。

此时，优佳脑海里倏地蹦出一个"客"字。又是下意识的联想？没错。但她现在已经没空细细分析此念头的由来了[①]。

拉链声又响起。然而——

然而，就在下个瞬间——

"你个浑蛋！"

人声伴着一声闷响。骑在优佳身上的重量忽地落在优佳胸口上，而后一晃，翻倒在她身体左侧。

铁锈味的温暖液体啪地滴在优佳的皮肤上——是血，是从倒地的中西头上溅出来的血。优佳感觉自己又快要失去意识了，但她还是拼命抬起头。她必须看见是谁打破了中西的头。

抬头所见的空间里，只有天花板、灯光和肩头起伏、形如厉鬼的 BB。

---

① 1927 年日本引入拉链时，借用传统拉绳束口袋"巾着"的发音"KINCHAKU"为拉链取商标名为"CHAKU"，与"客"字日语音读"Kyaku"谐音。

❷ 裕二、纯

同一时刻、同一城市，在同道堂裕子和优佳（古贺优佳子）各自遭遇重大"冲击"之时，雷津龙藏正和新寺留衣享受着自从结识以来的第一顿双人晚餐。

坐在车站前某个十层大楼顶层的观景餐厅的窗边，望着站前广场来往的人群、站台上电车的灯影、车站对面展开的住宅区。深橙色的灯光给桌对面的留衣脸上洒下柔和的淡影，看上去如此迷人，让龙藏想就这样看着她一辈子。

"所以，业余乐队 ZERO-ZERO 的女成员玛丽和同道堂家寡妇的独子裕二君的消失，没准真和小纯的失踪有某种联系。"

龙藏把下午和新寺仁查到的情报分享给看家一整天的留衣。新寺仍恪守他"调查初期一概保密"的信条，独自与案件有关人员见面。

留衣对龙藏所说的事情十分关心，并热情地插话提问。"我也算半个委托人啊！"——虽然她解释了自己为何这么关心，但龙藏认为不止于此，总感觉留衣跟新寺前辈一样，心里藏着些连她哥都没发觉的独家情报。

但不管怎么说，哥哥永远是哥哥。留衣的理性和直觉完全无法与之相比。

"当然，这些情报和新寺前辈提到的两起伤害案并非全无关联。凶手对红发的憎恶步步加剧。第一次还要假扮盗窃，第二次就敢直接对女中学生下手，第三次更是发展成连续杀人事件，玛丽被锤击杀，裕二被绳绞杀，残忍程度不断升级。虽是突发性犯罪，但若凶犯还不罢手，想想都让人害怕。"

"嗯，多么希望小纯能是个例外……"听得出来，留衣并不期待自己这般天真的想法，"不过头等问题是那个黑衣男是谁？真的是凶手吗？如果是，他住在哪里？"

"欸？你怀疑他不是凶手？"

"当然了，不能光凭一套黑色衣服就在哥哥看见的路人和同道堂裕子遇见的怪客之间画等号。再者说，他俩也只是说案发前后目击到黑衣人在现场附近徘徊，并未目击到行凶瞬间。"

"但，如果不是凶手，怎么可能那么巧？至于两个人是不是同一人，得问过同道堂裕子才能知道。总之，警察只听她说了个大概就把她打发走了。"

"真可怜。没办法，毕竟没尸体啊。"

龙藏闻言本想反驳——"不是这样的。就算没有尸体，但都报案了，至少也该去现场看看啊"，但话到嘴边还是放弃了。无能警察都不管，他与留衣争论这个并不明智。

"总之，那个男人就是凶手，毫无疑问。"

"不，一开始我也这样想。但出于某人的关系，我一般遇事先存三分疑。"

留衣板起脸，手臂撑桌托腮，模仿起"某人"的动作。龙藏笑了，留衣也跟着笑了：

"接下来我们得好好想想凶手住在哪儿。"

"仅凭这些信息就能发现他的住处了吗？"龙藏吃惊地问道。

留衣摇了摇头说："怎么可能找得到，所以要好好想想。"

"啊……"

"而且听完雷津哥你说的，感觉作案地点真的好分散呀。"

"嗯，很分散？第二起伤害案的案发现场在城南，确实有点儿距离，至于其他……"

"听起来就很远啦。最开始的主妇伤害案发生在城北，女初中生案发生在城南，业余乐队玛丽被害案发生在城东，同道堂家的裕二君被杀案又是发生在城北，很分散啊。然后，小纯在城中——假如她卷入案件的话，也只有她的案发地点还不清楚。"

听完留衣的解释，龙藏确实感觉很分散。可为什么他听新寺前辈说的时候，就不觉得有多远呢？奇怪。龙藏歪头想了片刻，很快想起新寺笔记本里的地图。

"对啊，画图就好理解了。"

龙藏从夹克的胸前口袋里掏出钢笔，又从吧台拿来一张餐巾纸，挪开面前的咖啡杯，在餐巾纸上画出高塔市城中区划简图。因为刚吃完饭，纸上沾上了桌面上的几处茶色污渍。

"有点儿脏——不过你看，除了城南，其他几个区离得都很近啊。"

"啊，还真是。"

接过地图，留衣恍然大悟。

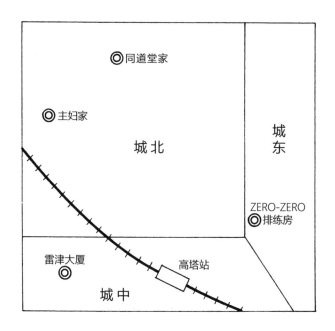

"所以是行政区划造成了混乱。虽然四个地点确实分布在城
北、城东和城中，但都集中在三区交界附近，半径三公里的圆
内。"龙藏补充道。

"而且只看这两天的三起事件，同道堂家到城北最南处，小纯
至城北边缘，没准正好撞上凶手。如果是这样，可以由东至西画出
一条凶手的行动线。"

留衣是说者无心，龙藏却听得栗然。他眼前鲜活地浮现出一个

肩扛尸体前行，在夜色中一路残杀的疯狂身影。

"乐队排练房远离市中心，同道堂女士跑来跑去都没出住宅区，这都给人以错觉。确实，雷津大厦毗邻繁华街区，但一过铁路，那边很僻静。"

留衣看向窗外车站后方的万家灯火。高塔站的北出口，商铺和大楼只延伸了二三十米，之后便接上绵延拥挤的民房。如此景象恰似高塔市正在大力发展的高塔站以南区域的真实写照。

"但果然还是有些微妙。"虽消除了错觉，但留衣还有疑问。

"怎么了？"

"雷津哥你也说过，城南又冒出一起女初中生的案子。"

"那也不用太在意吧。唯独那一天，罪犯在他生活圈之外'发作'了。"

"雷津哥，即使你说得没错，但水平还是不到家。"留衣将上身靠回椅背上，手指指着龙藏，"哥哥一定会这么说：'你为什么觉得城南不是他的生活圈？'"

纤细的手指随后点在地图之外的桌面上——正好是城南的位置。

走出餐厅时，留衣和龙藏突然被女服务员叫住。

"不好意思，这位客人，请问您是雷津先生吗？"

"我是。"

"新寺先生打电话找您。"

"新寺前辈？"

龙藏吃了一惊，他怎会知道我在这儿？忽见身旁的留衣不停指着自己的鼻子。哦，是她告的密。就在刚才龙藏去洗手间时，她电话联系了她哥。恐怕这也是新寺的要求，指名道姓叫龙藏接电话很明显是想吓他一跳。

龙藏拿起收银台边的公用电话，耳边传来了新寺与年龄不相称的老到声音。不出所料，他说的第一句话就是："雷津君，有没有被吓到？"

"还好，留衣立刻自首了。"

"见鬼，那家伙真不中用——你不会还问了她什么多余的事吧。"

新寺的口吻暗藏隐忧，让龙藏有点儿疑惑。多余的事？什么意思？前辈和留衣果然还是对他隐瞒了什么吗？

"那倒没有。多余的事是指？"

"啊，没什么，没问就好。千万别对留衣刨根问底。等时机成熟，我自会跟你说。"

新寺摸不着头脑的话并未让龙藏的疑虑落定。

只是此时——

"啊，这个表情！哥，你不会又憋着什么坏，要捉弄雷津哥吧？"

留衣今早的话突然在脑海中浮现。

龙藏自觉搞错了什么。

出于一些原因，新寺的态度才会这么可疑。按照惯例，一定是自己产生了很大的误解。难道……难道是愚人节？

连续杀人事件都是编的？

有可能。城南女初中生事件与这几案的地理位置不合，只因红发就连续行凶，无一不在说案情不切实际。但要说事件全在瞎编，感觉也不够有说服力。

只是……

涉案人员太多。早先的两起伤害案尚能见诸旧报，可前两天发生的三起案件至少需要兰迪精品店女店主和高塔署的额田警部补共同作假才行。难道他们说谎只为让龙藏产生连续杀人事件的幻想？

所谓新寺的恶作剧，不就是和事件本身有关吗？难道说他的坏心思无关侦探行为本身，而体现在别的什么地方？

哎呀，搞不懂。

自从认识这位前辈，龙藏的耳闻目睹都变得不那么可靠了。

"哎，别多想。"听筒里的新寺仁小声笑道，"我打算去第四案的现场实地调查一番。你来吗？"

"第四案？是同道堂裕二君被杀案吧？"

"嗯。差不多吧，你来吗？"

"当然。地点是'停车场'吧。"

"对，在车站后和住宅区夹着的高塔第二小学。你知道吗？"

"知道。应该就是小学的停车场吧——留衣呢？"

"让她一个人回家就好，不过，估计她也会跟过来。"

"应该会。"龙藏答道。

新寺前辈要直接对决那个语焉不详的停车场消失案了！龙藏的心不由得为之悸动。

两人在高塔站前搭上出租车。

从地图上看，穿过车站很快就能到小学。但现在九点已过，按规定无法免费穿过车站。就算步行，也得走到城北边界才有从铁路下方钻过去的涵洞。既然横穿车站得付钱，过了车站还得走一大段路，倒不如用这笔过站费来打车。

在十分钟不到的车程里，龙藏想方设法地从留衣那里打听新寺仁捉弄他的详情，但留衣只是面带笑容，对龙藏的猜想不予置评。

"在警署听了高塔署额头儿的话，你就没什么想法吗？"架不住龙藏坚持不懈地套话，留衣终于还是透露了点儿内容。

"没有呀，关于案件的所有细节都是新寺前辈告诉我的。额头儿在走廊上说明同道堂裕子情况时，新寺前辈提议说想直接询问接待同道堂裕子的警官……"

"他们三个细谈时，雷津哥就待在走廊上等？"

"是啊，你哥最拿手的不就是保密主义嘛。其间他对我说：'你替我给事务所回个话。'两点钟的时候我不是给你打过电话吗？就是那会儿。"

"哈哈哈，老哥也够辛苦的啊。"留衣笑得眼泪都快出来了，担忧小纯的紧张在此刻暂得忘怀。

"很好笑吗？"

"非常好笑啊。"

"但是，我听了新寺前辈后来所说的，也没感觉哪里不对啊。当然，如果案件完全是假的，那另当别论。"

"当然不是假的。我们都真心挂念小纯。我想过会儿要见的同道堂家的人也一定很憔悴,绝不是装出来的。"留衣的表情恢复了正经,否认了龙藏的猜想。

"同道堂家的遗孀在停车场?你怎么知道?"

"因为哥哥说过要去见案件关系人,如果之后他去停车场做调查,同道堂家的人一定也会在场。"

龙藏了然地点点头,从怀中掏出钱包。车窗外,小学的白色围墙遥遥在望。

和新寺仁结伴站在学校后门停车场的不是同道堂裕子,而是她的小叔子——同道堂三朗。留衣说话滴水不漏,三朗也是"同道堂家的人"。

龙藏绝不算矮,但在三朗职业摔跤手般的体格面前还是败下阵来。三朗应该下功夫练过双臂,轻薄的毛衣下隆起明显的肌肉。

"原定今晚要去拜访同道堂裕子女士的。"新寺解释道,"但因为仓促前往,她不在家。正巧撞见三朗先生从玄关口出来。他来看望裕子,也扑了个空。"

"我来找她商讨裕二的事……"三朗说起自己与事件的关系,但新寺交代过,不可随意透露案情,他只能简述。不过龙藏大致了解了事发当晚的概况——发生了不可能事件。

同道堂裕子追逐从空地上逃跑的凶手时,裕二的尸体在那里,可绕着小学跑了半圈时,凶手突然消失了。不久后裕子和三朗返回空地,尸体也离奇消失。因为凶手无法从原路返回,所以只能横穿校园。但想横穿校园,他就得有穿墙走壁的神通。

"怎么样？"新寺轻敲后门上的假锁，向两人问道，"如果是你们，该如何逃脱？"

"不知道。"

面对难题，龙藏向来先说不知道。

"我恐怕知道。"留衣不假思索道，"或许跟那起女大学生公寓杀人案的手法异曲同工吧？"

出乎意料的答案让新寺目瞪口呆地盯着留衣。

"就……因为尸体也消失了？但尸体在空地上也处理不了啊。再说了，凶手还能自我分解不成？"

"不是的。比如……对，应该说凶手并没有消失，而是 2 减 0 得 2……"

龙藏好不容易才明白留衣拐弯抹角地想说什么。她之所以引出公寓命案不就是想说这次的凶手和那个女大学生一样近在眼前吗？黑衣男消失后，同道堂三朗现身停车场，谁敢断定不是同一人？

2-0=2。前一个 2 自然是指裕子和黑衣男，后一个 2 却成了裕子和三朗，黑衣男便消失了，这就是案件真相吧。

"我大概能猜到你的想法。"新寺开口，并没看向三朗，"但你没法解释尸体是如何消失的。"

"那种事情总有办法的嘛。我是不怎么了解详情啦，但或许裕子女士根本没凑近看过尸体呢？"

"没凑近尸体，而后尸体消失？也就是说，凶手做了个假尸，并设置了定时自燃？"

龙藏明白新寺在开玩笑，但留衣完全陷在 2-0 的假说中，完全没感觉有多么荒诞无稽。

"对对，就是那种感觉。"

"笨蛋。"新寺冲她挥挥手以示驱赶，随后丢下留衣和龙藏，走向了一脸茫然的三朗。

"别理他们。话说回来，我能来这里真是太好了，同道堂先生。"

"何出此言？"

"在这个停车场里，有个东西特别值得注意——就是那个。"

他指向昏暗空荡的停车场的一角。一个白色小物件不时在微风中轻摆。

准确来说不是一个，而是一片，一片花瓣形状的塑料片。

"啊，那是——"

同道堂三朗正要解释，他们身旁突然响起"咔锵！"一声金属撞击声。

四人不由得朝那个方向齐齐看去。在众人的注视中，左右两扇铁门被人一把推开。

"久等了，请进。"

后门洞开，一个鼻头奇大的小个子男人向初见的龙藏和留衣问候道：

"二位晚上好，初次见面。"

裕子把房间里的纸箱翻了个遍。

应该没有遗漏。

可除了最开始在抽屉里发现的耳朵外，房内并没有发现裕二的其他身体部分。

只有耳朵？为什么？

合上最后一个纸箱的盖子，裕子蹲在榻榻米上叹气。她本打算找个宽敞的空地，但还是左支右绌，不是屁股碰到成捆的报纸，就是膝盖撞到吸尘器的尘袋。吸尘器的尘袋和报纸缝隙里她也都找过了。

不应该啊。既然有耳朵，那么头颅、躯干这些部位也应该藏在这里……她重整思绪，告诫自己：别急，要冷静。时间完全够。

几分钟前，喂师傅和来客出门了。从他们在门口的对话判断，没半个小时回不来。裕子打算充分利用这段时间找出尸体的其他部位。

还有哪里要搜查？没了啊。二楼都搜遍了，一楼除了亮灯的房间也……

一瞬间，裕子突然讶异地抬起头。

那个房间还没搜。整座房子只剩那个房间还没搜过。

只是，客厅真藏得下那么大一具尸体吗？裕子有些犹疑。算了，不管了，不亲眼见到，便不能下结论。或许客厅只是看似一间，没准是两个相连的房间呢？

总之去看一眼。

裕子满怀希望，把耳朵装进口袋，站了起来。

走出杂物间，她感觉双眼比来时更适应黑暗了。她毫不顾忌走廊和楼梯上发出的嘎吱声，大步下楼。

看了眼左侧的玄关，裕子一把拉开纸拉门。刚才接待客人的房间现在熄了灯，不过倾泻在庭院的街灯，透过毛玻璃朦胧地照亮了室内。

并没有两个房间。除了方才聒噪的电视外，屋内只有一张没有加热器的暖桌和一个上层放座机电话、下层放杂志的小架子。

根本没有容纳裕二身体的空间。

裕子又看向地板，但短时间内无法掀开地板检查吧。

喂师傅随时会回来。

既已有了铁证，裕子更希望和他当面对质。若不是站在私闯者的立场，若不是出于一个女人的胆怯，她肯定会毫不犹豫地选择对决。只是在这样的状况下和凶手对峙，还是太危险了。

刚才的客人要是能一起回来就好了……

裕子想起和喂师傅一起出门的两位客人。一位完全没说话，不知是谁。另一位很健谈，听喂师傅喊了他好几声"新寺先生"。

这个名字裕子头一回听说。不过不用怀疑，他绝非喂师傅的故交，甚至能感觉到那人和她的目标相同。

"不过新寺先生，您去学校是想看什么呢？"

"后门？"

"新寺先生要调查停车场？"

在玄关口，喂师傅对他所说的每句话都和那起事件有关。

这个新寺是什么人？是敌是友？还是……

裕子从口袋里掏出耳朵，目不转睛地盯着，似在自问自答。

裕子不觉得它有多可怕。虽然它在慢慢腐烂发臭，但现在它是裕二同自己唯一的联系。

就在此时，裕子才发现一条重要的线索就掩埋在这片松软的肉块中。

字面意思的"掩埋其中"。

在耳朵中央的层层褶皱（就是耳洞）里，塞着一张折得极小的纸片，就像动物标本中的填充物。裕子忍着尸臭，小心地捏出纸片，将其展开。纸片对折三次，表面有几处暗红色斑点，还有纵横交错的圆珠笔线——虽未标注地名，但能看得出这是份地图。

地图上画着的好像是城北的北部区域。范围自山脚线、新建中的开发区，直到裕子家附近，很熟悉。

山脚边有处地点上打了"×"，旁边还有三个刀刻斧凿般的片假名——

アジト（老巢）。

进后门右转，三层高的教学楼近在眼前。新寺仁带头在教学楼前继续右拐，毫不犹豫地在围墙与教学楼间前进。同道堂三朗和勤杂工紧跟其后，俨然成了小跟班。

"过分，说我'笨蛋'。太过分，竟说我'笨蛋'。"

龙藏和留衣并排走在后面。留衣还在气她哥刚才的话。龙藏自觉应该给她点儿安慰，也给自己加些印象分，但留衣气鼓鼓的样子实在太可爱，想想还是放弃了。

然后，新寺放慢步伐，三朗和勤杂工也趁机交流起来。

"对不起啊，喂师傅。害你违规了。"

"什么话。小三子求我，我能不答应嘛喂。"

情同父子。

早在龙藏和留衣到来之前，新寺和三朗就上门拜访过喂师傅，得知事发当晚只有这位勤杂工有后门钥匙后，新寺坚持要来现场调查，才有了这次的夜探校园。本来嘛，白天无法还原事发当晚的情况，可依规定，勤杂工又不许私开校门。而三朗能让勤杂工通融，足见交情匪浅。

教学楼和围墙之间有一列高大的杉树，杉树旁边是种着三色堇等植物的花坛。杉树远离围墙，花坛的砖砌围栏高度不足三十厘米。也就是说，没人敢在一片黑暗中从那么高的围墙上跳进学校。

"呼，终于明白了。"新寺慢慢停下脚步，回头看向身后四人，嘴角一勾，"无趣的诡计，无趣至极。单纯是凶手走运罢了。"

"走运？"三朗讶异道，"凶手当真是偶然跑进停车场的？"

"大概吧。谁想到误打误撞，竟发生了毫无意义的消失事件。被追进停车场不在凶手的计划内，但他那时找到了最优的逃跑路线，就这么简单。"

"但他是怎么做到的？"

"喏，从这个可以推测。"

新寺抬起右手，手上捏着白色碎片。那是之前在停车场看到的塑料花瓣。

"这东西落在了停车场，无疑和招牌、红白条纹布一样，都是为了装饰今天——四月一号的开学典礼所准备的。"

"嗯，没错。"三朗用一种了然的语气应和道，"这些是装点招牌和围墙的塑料花。"

"那么这些装饰物至少应该提前一两天准备就位。"

"对。"三朗再次附和,"我也看到了。凶手消失时,招牌、装假花的箱子就堆在停车场的角落。"

"哦哟。如果是这样,答案不就是明摆着了吗?来,请看这里。"

新寺指着自己的脚底。

花坛边的泥地上,有两个模糊的方形凹坑。

"懂了吧?想在这么高的围墙上布置假花。"新寺继续说着,给聚向凹坑的四人让出位置,"没有梯子怎么行?"

（凶手）

男人欲眠。

于他而言,今晚的冒险半是后悔,半是满足。

究竟为何要做那些事?

啊,好不容易把那个——

…………

别想了。

身体被睡意包裹,脑筋还在转动。

今天累了,必须得睡了。忙了一天,身心需要充足的休息……

一切……

都将要……

结束了吧……

男子终将全部意识交付睡梦。

今晚，他睡死在最棒、最安宁的好觉里。

❸ 纯、玛丽

龙藏从最棒、最安宁的好觉里醒来。

于他而言，昨天难得繁忙。

早上七点起床（他通常十点之前不会起）去找留衣……啊不，去找新寺前辈，紧张地与留衣共度上午时光；午后跟新寺前辈去警署，傍晚同留衣共进晚餐，晚上九点又去了小学实地调查裕二君被杀案……等回到公寓已经夜里十一点左右了。

尽管他还年轻无惧熬夜，但因为白天跑东跑西，一到家，疲劳感全都涌了上来。龙藏连澡都没洗就直接倒在床上睡着了，一觉睡到早上八点。

新寺前辈认为事发当晚现场必定有梯子，便让喂师傅去拿。勤杂工拿来一把高四米半的轻型合金管梯子，这把梯子事发当晚很可能就在现场。新寺要还原凶手的行动，便让龙藏扮演凶手。

新寺消瘦，三朗壮硕，留衣是女生，喂师傅是老年人，只有龙藏最适合扮演凶手。不过老实说，在体力方面，龙藏感觉只能稳赢喂师傅……不对，最近疏于锻炼，身体状况怕是连喂师傅都不如。

但龙藏要守好助手的本分，这种话他说不出口，得全面服从侦探的安排。

实验流程很简单：从停车场一侧爬梯上墙，在墙顶收梯、将其换边，并下到校内。只是哪怕没被人追赶，龙藏都觉得累得要命。最难的是，梯子比围墙矮了一小截。他跨在墙上，费尽力气才拉起梯子，梯子还险些掉落，吓得龙藏连出几身冷汗。

重复还原"消失诡计"数次，新寺得出平均用时约为四十秒。虽不清楚裕子与凶手之间的距离，但事发现场视野开阔，加上天色昏暗，导致裕子只能看见对方后颈，因此大家一致认为，两人的实际距离很可能远超裕子的估计。

但是——

龙藏一边下床一边想。

但是连用梯子这么简单的手法都没想到，那个三朗和裕子未免也太蠢了吧。还是因为当事人过于激动而失去判断能力了呢？

龙藏哪里还记得那个遇事就说不知道的自己。

就在他洗漱完，想着去哪儿吃早饭时，"粉色大象"响起嘟噜声。

那是龙藏生日时留衣送给他的卡通座机电话。

龙藏小心翼翼地抱着端坐的"粉红大象"，拿起圆木形状的话筒贴在耳边说："我是雷津。"

"雷津君？吵醒你了？"是新寺仁的声音。

"是新寺前辈吗？我早醒了。"

"是我。昨天出了件怪事，跟红发事件有关。"

"怎么了？"

"还记得 ZERO-ZERO 吗？就是玛丽被害案的那个。"

"噢，那个业余乐队是吧？"

"那个队长昨天傍晚被乐队里的一个男成员杀了。"

龙藏咬紧嘴唇。

第六个被害者！

又有红发女子遇害了吗？

不过，这次他错了。

ZERO-ZERO 的队长既不是女人，也没有红发。

所有人都疯了。

一切都疯了。

老实巴交的中西竟对她欲行苟且之事。她最爱的 BB 竟然打死了中西。

就在昨晚的那几分钟里，优佳感觉自己的世界天旋地转，摇摇欲坠。

可另一方面，她也终于明白为何 ZERO-ZERO 的成员们平时安静和气，却在上台后爆发出那么大的能量。

他们每个人内心都非常压抑。

在优佳面前，他们拼命地压抑那种隐秘的情感，至少 BB 和中西是如此。

没错，没人发疯。没有疯狂。

而是向来如此，一切朝破灭而去。

优佳的住院点燃了成员间的不和。现在想来，他们的不和也一定是那岌岌可危的安好岁月破灭的前兆，要是自己能早些察觉……

她把一切都归因为自己的不幸。

她把一切都归咎于玛丽的可爱。

她根本没想过中西和BB对她的心意，只是继续做她不偏不倚、八面玲珑的美人。甚至根本想不到两人会因此反目成仇。

为什么她不敢对BB表白自己的爱意呢？为什么她不愿婉拒中西的好感呢？还有什么十天排练一次，不干涉彼此私生活等无聊决定，也该早一点儿打破才是。

很多人说ZERO-ZERO的音乐很狂躁。殊不知如今只剩下憎恨给这种狂躁的音乐提供原动力。

BB……

环顾被晨光照亮的熟悉的房间，优佳想象着BB在这个早晨会迎来什么。昨晚的事如果只是场噩梦该有多好……

听到扭打声和BB的吼叫，好几个邻居冲进优佳的房间。随后不知是谁叫来了巡警和救护车，BB和优佳立刻被押去警署，奄奄一息的中西则被送往医院。"不能昏过去，昏过去就看不见BB了。"优佳拼命抵抗着一阵阵的休克感。

待优佳的情绪稳定后，刑警将优佳和BB分开，单独问讯。她既没法保持尊严，也无力为BB辩护，只能实话实说。

当优佳的父母闻讯赶至警署时，医院也传来中西的死讯。说是被石头摆件砸在头顶正中，不到一个小时人就走了。石头摆件是表亲送给优佳的礼物，一直放在书架上当书立。

"尾藤君那么大的块头，明明能轻松摆平中西君，用凶器就很不符合常理。"负责该案的年轻警官解释道,"在找上优佳子小姐的家之前,两人就在居酒屋里吵得很凶。所以表面上他是阻止中西君对你施暴,实则是为了宣泄个人仇恨。"

优佳这才知道 BB 本名叫尾藤貘(Bito Baku)。

"可是个人仇恨……"

"有仇啊,尾藤君喜欢你啊。"

"……!"

"不过因为性格问题,他苦恼于待你冷淡,为此还找中西君谈心。没想到中西一句'我也喜欢优佳',让他刚刚倾吐的苦闷成了笑话,两人就此结仇——今晚,他俩最终的谈判破裂后,尾藤君尾随中西君,中西的异样兴奋和行进方向让他感到不妙。随后,不安不幸成真,中西君对你施暴,尾藤君勃然大怒。"

刑警呼出一声长叹。

优佳最后还请求见 BB 一面,但被刑警以"现在不方便"婉拒了。

BB,为什么……

但"为什么"之后又该接什么话呢?不知为何,话到嘴边又丢了。

咦?

刚才想说什么来着?"为什么不早一点儿告白?"不对。"为什么要杀了队长?"也不对。"为什么……""为什么……"

啊——

优佳终于找到了那个遗失的答案。

她不禁为自己的残忍感到脊背发凉，但无论多么残忍，这句话都出自她的真心。

BB，为什么你变得这样普通？

"BB"一词曾带来的紧张和悸动，有如逝梦，一去不返。

龙藏坐上新寺开的车，一同前往高塔署。

本想着和额田警部补见面，但他还在开会研讨昨晚的案件，不见外客。

"那就没辙啦。"新寺回头朝龙藏耸肩说道，"这起事件是突发，应该和红发系列事件无关。真不巧，本想联系一下玛丽被害案的那几位乐队成员，现在只能祈祷离世的别是什么重要证人。"

"那同道堂案呢？告破了？"

"既已查清凶手是用梯子逃脱的，再纠结告不告破也是浪费时间。任何人都可能杀死裕二再从停车场消失，没法强行锁定凶手。"

两人并排走过洁净发亮的走廊，来到出口，新寺对龙藏说：

"好啦，别忘了。我们的当务之急是必须搞清楚小纯的下落。要快，精品店走不通，裕二线也追到了头，能揪出凶手线索的只剩玛丽被害案了。"

"另外那两起伤害案呢？"

"没用的。还没出这三起事件时我就调查过，而我甚至无法证明那两案与这三起事件为同一个凶手。现在看来，主妇遇袭现场比女初中生一案距离凶手的生活圈更近，当然啦——"

"事实也可能是女初中生更接近凶手的生活圈吧？"

"没错。"新寺惊讶地停下了脚步,"很少见啊。你都学会抢答了——啊,我可没有嘲笑你的意思。"

"还好啦。"龙藏骄傲地挺起胸膛说道,"我找到了一位好家教。"

驱车前往 ZERO-ZERO 排练房的途中,龙藏死死盯着新寺递来的报纸。

对于看惯了全国大报的龙藏来说,新寺找来的地方小报很是新鲜。听到龙藏直言排版太烂,新寺让他跳过电视节目表,直接看第三版。

第三版发疯似的大肆报道昨晚的乐队杀人案,颇有小报的特色。

被害者名叫中西智明,十九岁,主吉他手。虽然年纪最小,却是乐队队长。杀害他的青年名叫尾藤貘,二十岁,也是乐队的吉他手,两人因同时爱上乐队的女主唱而积怨已久。案发当晚,中西欲性侵女主唱未遂,最终演变成杀人案件。也许是为了保护隐私,遇袭的女主唱未公开本名。不过龙藏从新寺那里得知她有个昵称叫优佳。

"就是那个上次目击杀死玛丽的凶手的女孩吧?"龙藏抬头问道。

"确实是她,但她是否看见了凶手还不好说。她人美声甜,圈内人士说她将来必能出道。这是我从他们演出的 Live House 那儿打听来的。"

"唉，真可怜。希望她能振作起来，重展歌喉。不过前辈，你什么时候去的 Live House？"

"我？我没实地去过，是用电话联系了店家。"

"难道说，你伪装成他们的粉丝？"

"是啊，费了很大劲儿。ZERO-ZERO 乐队本来决定从六月开始正式在那家店里驻唱，现在店家失望透顶。关于案件的情况，他也是从乐队成员那里听说的。听说主唱已经回老家了。"

"哎呀，她回老家了？那么玛丽被害案能联系上的当事人不就只剩两位了吗？"

龙藏讶异道。新寺仁烦躁地敲着方向盘：

"对啊。而且其中还有一个人怎么都联系不上，现在只能依靠对案发现场的调查了……"

尽管新寺表情忧郁，龙藏的内心却很乐观。就算线索情报有点儿少，但名侦探新寺仁的字典里没有什么不可能。

在向东开吗？

抬眼一看，车窗外的风景渐渐从龙藏熟悉的城中转向陌生的城东。

说是城东，其实就在城东与城北交界处。从周边景色来看，现场跟昨晚造访的小学附近的街景一样。

这里位于小型办公区和住宅区中间，一入夜就很僻静。

眼前的综合办公楼是栋红砖色的四层建筑。把车停在旁边空地上后，两人走近一楼的房屋中介。九点虽过，但玻璃门里仍拉着帘子。新寺推了推门，门却毫无阻挡地被打开了。

"还没上班呢！"

一个身着蓝西装、看着与新寺年龄相仿的年轻男子坐在房间深处的沙发上喊道。

"我们不是顾客，只是想就三楼的空房间咨询一下这里的业主。"

"欸？"男子将手中一沓纸质材料放在桌上，一脸不悦地看向他俩，"三楼的空房间？"

新寺措辞暧昧，让人分不清是来查案的，还是来租房的。

但年轻男子盯着龙藏和新寺一会儿，立刻拆穿了他的文字游戏：

"咦，是你！你是来调查玛丽被害案的吧？"

"嗯？你怎么知道？"

"你……你是新寺仁吧？新寺仁先生！哎呀，想不到您竟然大驾光临。那场骚动是什么了不得的大案吗？——请……请稍等片刻。"

媒体的力量是巨大的。年轻男子还记得两年前被媒体大肆报道的新寺。说起来，虽然龙藏早已淡忘，但新寺在高塔市高低算个名人。

年轻男子马上奔向隔壁房间，领出一个五十多岁、叼着香烟的白发男人。上了年纪的男人一眼就认出新寺，左一口"先生"，右一口"先生"，就像遇见了恩师。

这家房产中介是大楼业主的直营店，所以除三楼以外所有房间钥匙交给他们保管。"这楼房交给我，你放心。"兼任管理员的中年男人说着，带龙藏他们来到了案发现场。

刚开始那个年轻男子说也想和新寺一同调查，但因为营业时间将近，只得悻悻留下上班。上楼途中，中年男人一直在问"这案子会出书吗？会提到我吗？"新寺只是勉强含糊道："啊，大概吧。"

爬上二楼时，左手边出现一扇带小窗的厚实铁门，好像每层都有一扇。"又是铁门啊。"龙藏皱起眉。停车场的那扇铁门跟犯罪并无关联，但这里就不好说了。

"这门真厚实啊。"应该是与龙藏有同样的担忧，新寺向正蹲着捣鼓第二把锁的中介大叔搭话。

"嗯，为了防盗嘛……"大叔起身握住门把手道，"还有隔音效果呢。"

"因为密封性很好吧。"

"对，不过也不用太担心。ZERO-ZERO 的案件发生后这扇门才锁上了。"

"那么说，前天之前——"

"嗯，防范作用基本为零。"

解除完两人的疑虑，男人拉开大门。

刚才透过小窗还不能确定，来到走廊上就能看到左边一扇门上写着"储物间"。往前走两步，右墙上有扇带毛玻璃的门。而在更远处的走廊尽头，还有一扇没有窗户，看起来朴实无华的房门。只是走廊在尽头处左拐，左半边的房门被挡，从楼梯口看不见。

管理员走过右墙上那扇带窗的房门，打开走廊尽头的简朴房门。进房间之前，龙藏瞥了眼左边的走廊，走廊尽头还有两扇门，应该是厕所。

房间很宽敞，大概是两个普通房间的大小。中介大叔解释说，事实上租出去之后租客往往会隔出更多的小间。

"玛丽就倒在这里。"

他指着房间中央和入口的中间处位置说。只要房门打开，站在走廊上就能看到尸体。

"最先发现尸体的是那个女主唱吗？"新寺问。

"应该是五人同时发现的。当时优佳说房间里进了贼，然后他们队长就冲进室内，同时打开了里面的灯，所以在排练房门前的优佳和 Tom 他们也看到了尸体。"

管理员似乎与乐队成员很熟，他都是直接称呼成员的外号。

"您知道得很详细嘛。"

"是啊，因为他们一直喊着什么'消失''消失'的，闹出好大的动静呢。"

"尾藤君当时在哪里？"

"嗯？尾藤？"中介大叔歪头不解。

"副吉他手，好像又叫 BB。"

"啊，BB。"一听外号，大叔恍然大悟。看来不是关系很熟，而是他只知道乐队成员的外号。

"BB 确实是和队长一起冲进去的……啊，不对，我想起来了。他说在他正要进屋时，队长开了灯。"

"原来如此。这么说的话……咦？"新寺若有所思地扫视房间。

当目光回到房门上时，他走到门边，反复开关房门，又转向管理员："自动关门的装置不顶用嘛。"

"您是说自动关门的弹簧臂吗？"

大叔指着房门上方反问道。

"对。"

"被那些家伙弄坏了，就是租房排练的业余乐队。那帮人跟小混混儿似的在楼道里胡闹，一上来就把这扇门给踹坏了。没办法，我只好换了扇门。没想到这回又把弹簧臂弄坏了，太过分了，早知道就该把这些家伙赶出去的。"

"哈哈，难怪只有这扇门不带小窗。"

新寺点点头，又说要看看排练房。

排练房就是隔壁那个门上有窗的房间。

走进房间内，这里除了少了一扇铝合金窗，和案发现场那个房间并无二致。

"当晚窗户是关着的吗？"

新寺打开一扇窗户眺望窗外。龙藏也凑了过来，隔壁住家的瓦屋顶近在眼前，当然还没近到能一跃而至。

"这个房间不太清楚。那晚等我赶到那边的房间时，窗户是关着的，不过都没锁就是了。"

"会不会原来开着，后来又被人关上的呢？"

"不会的，当然，空气不好时他们倒是会开窗透气，但那队长极力主张窗户紧闭，凶手消失了。"

"怎么说？窗户没锁上啊。"

"窗户是没锁上，但他说如果想从窗口放绳索逃生，窗户不可能关得严严实实，连条缝都没有。"

"嗯，是这样……"

"还说他们一直在门外的走廊上监视着，如果这些都是真话，那可太奇怪了。"

管理员虽这么说，但从他的表情可知他似乎不太信。确实，龙藏也无法相信凶手没有使用门窗就从室内消失。高高的天棚、混凝土墙壁、亚麻油毡地面……没有任何可设置逃生洞口的空间。

"从天台或楼上拉一根绳索下来呢？"新寺又问道。

"也不行。楼顶没有天台，楼上的房间也是锁着的。"

"旁边的房间呢？也就是这里。"

"BB一直在这个房间里啊。"

"楼下呢？"

"如果从楼下上来，那就必须架一把像云梯那样非常长的梯子才行。"

"非常好！"

本以为新寺会因处处碰壁而沮丧，不承想他却变得兴致勃勃。

"但凶手确实如烟般消失了。不对，如果窗户都关着，连烟都出不去。"

"那么，他们的话是真的吗？"管理员狐疑道。

"真的，肯定是真的，我们就当它是真的吧。嗯，真有趣，真有趣。"

新寺兴奋得忘乎所以，搞得龙藏都忍不住想拉住他，让他冷静冷静。

对他来说这是久违的能引起兴趣的案件。

"管理员先生，我来猜一下。"新寺关上窗，走到房门口的中介大叔身旁，得意地竖起食指，"三十号晚上，向你讲述案情的人是队长？"

"错了。"中介大叔说着遗憾地摆摆手，"是 Tom。ZERO-ZERO 的事基本上都是他跟我联系。租房的事情也是他负责的。Tom 和大楼业主的儿子好像是同学。"

"但至少在此案上喊声最大的是那个队长吧。"

"也不是。虽然他嚷嚷着凶手消失，但说到底还是由案子本身引发了骚乱。他这个人还挺有教养的，没证据也不会无理取闹。"

"没有无理取闹，只是坚持凶手消失。哎呀，你怎么看待这样的心理，龙藏君？"

眼见猜想被不断推翻，新寺却很高兴。龙藏实在猜不透新寺的内心，只好按照惯例，先回答"不知道"。

就像在等着这句话似的，新寺说：

"搞不清吗？搞不清那个队长说谎的心理吗？"

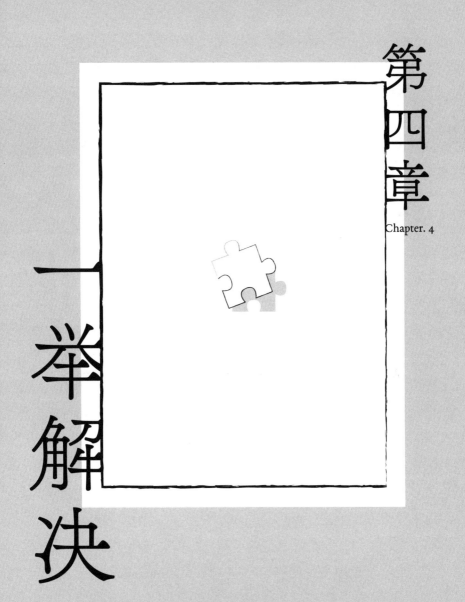

第四章

Chapter. 4

一挙解決

"看吧，哈特。这是什么？"

他指着手帕上的一处，将放大镜交给我。我认真看向他从沙巴特房间里拿来的、带有蓝色水滴图案的手帕。

"是头发。"我说道，"而且，像是红发。"

克莱顿·劳森《死亡飞出大礼帽》

❶ 玛丽

　　新寺仁说他和 ZERO-ZERO 唯一能联系到的成员取得了联系。那人就是鼓手 Tom，真名同道堂一。

　　新寺借房产中介的电话，打到他兼职的摩托车行。对方说十二点前可以翘班十分钟。于是新寺和他约定好十五分钟以后见面，便挂了电话。

　　中介的电话有免提功能，当新寺交涉时，龙藏也了解了事态。

　　"前辈，又是同道堂？"

　　告别房产中介，两人来到户外，龙藏回想起之前的电话，对 Tom 意料之外的姓名甚感惊讶。

　　"我是同道堂一。同一条大道亮堂堂的同道堂，念作 AYASHI①。"

　　Tom 估计也知道自己的姓氏少见，在电话里向新寺解释了自己的姓名。当然，对于新寺和龙藏而言，无须过多解释。

———————————

① 不同于一般的音读和训读，某些日本姓氏有其特殊读法。例如此处的"同道堂"按汉字音读应为 DODODO，但实际读音 AYASHI 跟汉字毫无关系。所以日本人自我介绍时会同时介绍如何写、如何念。

"他和同道堂裕子有什么关系吧？"

"恐怕没什么关系。同道堂这个姓是本市独有，但人数众多，有时候一条街上连着三家都姓同道堂。而且就算和那个同道堂家族有关，那也是跟三朗先生有关，跟裕子关系不大。毕竟同道堂是个关联多家企业的家族集团，他们家的子孙或养子还在生生不息，不断增长。"

"或许本案的凶手对整个'同道堂集团'心怀仇恨？对了，有没有人跟你说起过那个 ZERO-ZERO 乐队的玛丽的真名，还有消失的小纯的真名？"

"难道都姓'同道堂'？哈哈哈，怎么可能，你也太社会派①了。"

新寺笑着转到驾驶座一侧，拉开车门。龙藏随后也坐上副驾驶座。

不用说，乐队全员同姓显然是揣测过度。将一众事件看作对同道堂家的复仇，也太过缥缈，毕竟最初两起伤害案应该跟同道堂无关。

可如果不这么想，龙藏实在理解不了这一系列无差别残虐事件的动机。红发是目标？太扯了。

她们果真是因为红发而遇袭的吗？

她们果真就没有其他的共同点了吗？

共同的过去，共同的经历，共同认识的人……应该总会有一两

---

① 在社会派推理小说中，破案的关键往往不在于密室、不在场证明等传统诡计，而在于复杂的人际关系。例如同姓者为亲戚、看似毫无关联的人其实幼年认识，或因结婚、过继等由改姓之类。

个盲点，新寺没有考虑到吧。

不对，或者是……

或者是新寺已经探得某些情报，恐怕就是之前他说过的"等时机成熟，我自会跟你说"的那种秘密。留衣应该也知道什么内情，可能是她以前从小纯那里听来的。

如果是这样，这一系列过于残忍的事件近期应该有望平复。虽然他还完全不能理解凶手的动机。

汽车开动。在和缓的摇晃中，龙藏没来由地变得笃定。

Tom 打工的店铺就在城东区刚进入城中那里。

那是一家玻璃窗明亮的小型摩托车行。与车行隔了两家店面的老式咖啡厅，是他们约定的见面地点。

爬满常春藤的石墙上有个仅一米五高的门洞，不像是给成人设计的。低头钻过门洞时，还会响起悦耳的牛铃声。

"啊，在这儿。"

他俩并没迟到，但 Tom 已经在吧台等着了。咖啡厅里只有吧台，不提供餐桌。

Tom——同道堂一个子不高，肌肉结实，但也有不少赘肉，因此他力气虽大，动作却迟钝。因为听说他正在打工，龙藏还以为他肯定只穿了一件衬衫，没想到他竟规规矩矩地套着一件合身的宽下摆软夹克。

"新寺仁先生吧，我一眼就认出来了。"

在电话外，Tom 的语气显得特别自来熟。而且，可能他还没意识到，他一句话都说不完整，每句话都以单字结束，听起来像是不把别人放在眼里。虽然这么说对不住 Tom，但听他说话，龙藏已经感觉耳朵生理不适了。

"这人是？"

"是协助我调查的雷津龙藏君。"

"雷……雷……？"

"雷津……龙藏……君。"

"名字好怪。"

多嘴。姓同道堂的有什么资格对别人的姓氏说三道四。

"能请教你几个问题吗？很快，不会占用你太多时间。"

"你要问三天前的晚上发生的事吗？"

"对，三天前的晚上。"

新寺点头肯定，落座吧台。

"话说，昨晚的事不调查？"

等新寺和龙藏点好咖啡后，Tom 带着探究的眼神看着两人说道。大概他不相信像新寺仁这样的名探会积极认真调查这种死不见尸的暧昧事件。

"不，请别瞎猜。我们只对三十号晚上的事情感兴趣。"

"但是个人都会觉得两案相关吧？"

"哈哈……为什么你会有这种感觉？"

"玛丽风波刚过两天，队长又出事，绝对有问题。哪会那么巧，事情全赶着来？而且三天前玛丽消失时，我就预感不妙。"

"预感？是单纯因为玛丽被杀不寻常，还是觉得玛丽之死和乐队某个成员有关？"

"胡说！"Tom 慌忙大叫，"我怎么会这么想？杀玛丽的是偶然冒出来的变态。我们队里没人这样。"

不过似乎他刚说完也觉得自己的话缺乏说服力，调门儿一下压低很多：

"那个，酒后另说……但正常状态下，我的成员都做不到。"

"原来如此。"新寺没有紧追不放，"不过你说杀死玛丽的是变态？想请教一下案发当时尸体的状况，那个空房间亮灯时，你真的看到尸体了吗？"

"嗯，看到了。"

"队长首先进入空房间，然后开灯，这时五个人同时看见玛丽的尸体，都是真的吗？"

"都说是真的了。"

"在这之前，有人进过那个空房间吗？"

"没，绝对没。"

"但至少最先进屋的队长应该比其他人早发现尸体几秒吧？"

"不，直到开灯前队长还在说'没有人啊'，然后就'呜嗷'一声大叫，我们才一起发现了尸体。"

"是吗……"新寺闻言，仰头看向积灰的天花板，十秒钟后他悠然问道，"能联系到优佳吗？"

"啊，今天她老家那边给了我号码，应该能联系上吧。已经没了？问完了？"

原以为会问很多问题，Tom 有些失望。

"是的。非常有参考价值。"

"你要问优佳什么？她应该和我说的一样啊。"

"不。因为我听警察说……"新寺的视线从天花板上移开，"只有优佳亲眼看见凶手钻进了空房间。"

"真的吗？！凶手躲进空房间时，BB 坐在窗口？"

只因优佳多说了一句，电话里那个由 Tom 介绍来的新寺侦探反应异常激烈。

"对。我还提醒他坐在窗边危险，他也不听。"

"那么你并没有直接看到凶手进房间吧？"

"是的，不过……"

"因为房门一下子关上，所以你觉得一定有人躲在里面。"

"嗯。"优佳莫名不安起来。

她好像说了一些对伙伴不利的话。"这位是名侦探，一定能替我们查清玛丽在哪儿。"Tom 打来的电话让优佳放松了警惕，一不小心把案件细节都说了出来。而他从刚才就一直在意 BB——BB 和玛丽的关系、BB 发现尸体时的态度、空房间的门关上时 BB 的位置……

优佳隐约感觉侦探问这些问题是为了验证他心里的某种想法。

"那么，难道说……"优佳惶恐地确认起自己的疑虑，"新寺先生是想说凶手根本没进入那个空房间？"

"直说了吧。从现在听到的线索看，我想是的。"

"但……但是，那么说……"

"对，关上房门的应该就是BB。"新寺挑明了她的担心，"他先从窗台上拉了根绳索穿过隔壁空房间的窗户，绑在空房间房门的内侧门把手上。因为那扇房门的自动关门器坏了，一直处于虚掩状态，只要在排练房一拉绳索，门就关上了。"

"可他为什么要这么做？"

"当然是为了让你们相信除了BB外，同楼层还有个杀死玛丽的在逃人物存在。"

"那杀死玛丽的是……"

"就是BB。不瞒你说，截至目前高塔市出了四起同类事件，综合看来，凶手极度憎恨红发。这些案子很可能都是BB干的……喂？喂？"

优佳已经听不下去了。

BB？

怎么可能？不只是中西，连玛丽也是他杀的吗？

但事实或许的确如此。说起来，除BB外没人能关上空房间的门。虽说"优佳一出门"和"空房间的门便关上了"是一体的，但若按照新寺所言，BB之所以坐在窗口，无疑是为了在优佳出门瞬间，抓住拉绳关门的合适时机。他冷淡的态度，因碰到他的吉他盒而发泄的怒气，都是为了将优佳赶出房门的策略。

可那种感觉如何解释？她和BB待在排练房时隐约察觉到楼道有人？

啊，恐怕是这样——

她的潜意识会自动组合出荒诞的结论。比如将报纸上的只言片语组合成全新的语句，又或者明明成员们还没回来，她的潜意识却感觉他们一直在走廊上。

所以如果那时 BB 跟她说着话，却不时看向房门，那么优佳一定会从这些"信息"中感觉到走廊上有人存在。

不知道这种错觉是 BB 早有预谋以影响她的认知，还是只是他单纯对走廊方向的关注。但总之她被"视线错觉"欺骗，等到后来空房间关上门，BB 谎称自己看见凶手人影时，她独特的潜意识才完全认定有凶手存在。

空房间的门关上后，若是优佳直接闯进去，他又该怎么办？马上拉紧绳索，伪装成有人堵在门后，一定如此。说不定 BB 更加期望这样展开……

无论怎样，她都被 BB 利用了。侦探说他不仅出于憎恶红发这样怪异的理由杀死玛丽，而且还利用优佳来为自己脱罪。

什么人呀。

优佳可怜玛丽，也可怜中西。

队长太可怜了。

对 BB 的迷恋，现在已经一点儿都不剩了。

队长是被那个脑子有病的家伙杀死的，一定是，一定是……

明明他最爱我。

优佳呆望着不知何时挂好的听筒，随后似下定决心，走向二楼自己的房间。

包里还有几首中西写好的曲子，那些曲子还没有填词。

"不行啊，又挂断了。"新寺嘟囔着挂上咖啡厅内的公共电话。尽管优佳的老家住在城南最南端，但毕竟还算市内，挂断电话后，塞进去的硬币基本上全被吐了出来。

"就是被吓到了。"龙藏说道，"原以为是好伙伴，结果险些被队长侵犯，而队长又被前来保护她的 BB 杀死。"

"别说了。"新寺拿回硬币，罕见地强硬打断了龙藏，"同道堂还在场呢。"

一瞬间龙藏不懂新寺怎么突然提到同道堂裕子，一转念才意识到他说的是 Tom。

对啊，在 Tom 面前不好说他伙伴的坏话。

"对不起。"龙藏回过头对他道歉。

Tom 两条结实的胳膊搭在吧台上，出神地盯着双手之间。他一边听着新寺打电话一边说：

"啊，啊……没事，别在意我。"

他吐出纤弱得跟他的体形全然不符的言语。BB 是杀死玛丽的凶手——新寺的话带给他的冲击很大。

"头一回听到这个事实，谁都接受不了。"离开老式投币电话机，新寺坐回 Tom 和龙藏之间，"谁都接受不了队长那一晚的行为吧。"

"说起来，刚才新寺前辈还提到队长说了谎。"

见 Tom 还在低头思索，龙藏便接过侦探的话茬。

"是的。你也见过那间空房间吧？三面墙上有五扇大窗户，而且全都没有挂窗帘。那晚夜色不暗。就算室内没开灯，也足够明亮。"新寺转向龙藏，"凭室内的微光恐怕足够让凶手辨认出玛丽的红毛了。如果凶手可以看到，那么队长闯入房间后第一时间没能发现尸体就很可疑了。搜索可疑人物本就应该睁大眼睛仔细观察，而尸体就在房门正前方，即便走廊上的成员看不到，身先士卒的队长也不应该看不到。"

"但他直到开灯时才叫出声。"龙藏接道。

"没错。那么长的时间，他在磨蹭什么？发现玛丽尸体之后，他又在现场动了什么手脚？"

对已经听过新寺和优佳通话的龙藏来说，这个问题绝对算不上"不知道"。

"是窗户！BB操控房门的绳子还穿过窗口呢。"

"嗯。绳子再怎么细，窗口都必须留一点儿缝才能通过。当然，那时BB早收走了绳子，但窗户还是会留下一丝缝隙。队长发现尸体后瞬间看穿了BB的诡计，为了包庇他，中西关上窗户，毁灭证据。"

"可他俩不是反目成仇了吗？"

"一码归一码。即使成仇也会包庇，他恨的不是BB这个人，而是爱恋优佳的情敌。虽然指认他是罪犯也很有吸引力，但手握把柄，在未来谈判时会更加有利。中西不想把案件闹大，所以绝不承认凶手夺窗而逃。"

"为什么队长会断定凶手是BB呢？就算窗户有缝隙，也可能是外人用绳索逃生的啊？"

"这一点我也感觉很奇怪。我只能认为他掌握了一些我们还不知道的事实，比如看见 BB 杀死玛丽也不会大惊小怪的事实。总之，他的行为在结果上对我们有帮助。从队长说谎可推得他包庇了 BB，再根据优佳的反应，BB 是罪犯这一事实应该错不了。"

"……大概是这么个情况了。"似乎终于理顺了思绪，Tom 看向两人，"BB 的确很危险。平常看着很冷漠，但谁也不知道他一兴奋会到什么程度。你说他除了玛丽还犯下四起事件，是真的吗？"

新寺点头说："嗯，应该是同一凶手所为。"

"怎么会这样……不过我总感觉那家伙想对玛丽做些什么。而且他为了缓解跟优佳的僵局，反而很疼爱玛丽。最近甚至过于疼爱玛丽，而被玛丽讨厌了。"

"你的意思是说，他兴致一来就会捉弄玛丽？"

"没错。搞得玛丽后来一见到 BB 就很害怕被戏弄。"

"常有的事。"

"上月二十号，本来很温顺的玛丽还差点儿咬了 BB。"

"原来如此。BB 对可爱没什么抵抗力，所以队长直觉认为 BB 是凶手恐怕正是因为这件事吧。"

"等……等……等一下。"

龙藏慌忙打断两人的对话。他完全听不懂新寺和 Tom 的闲聊中的某些内容，也不是听不懂，只是感觉不对劲儿，不像是正常的对话。

刚才……刚才究竟是什么情况？是比喻吗？只是单纯在形容"差点儿吵起来"一事？可就算这样，就算这样……

"玛丽差点儿咬了他？"

"是啊。"Tom 一副莫名其妙的表情。

"这，啊？什么情况？你说她咬人了？"

"平时不这样的。虽然那家伙四处流浪，但性情很温顺的。"

"流……流……流……流！"

龙藏震惊得脑袋都快裂了。他明白了，他现在终于明白新寺前辈和留衣妹妹一直在向他隐瞒什么了，同时也明白了那个没有姓氏的"小纯"的真实身份。

对，玛丽如此，小纯无疑也是如此。那……那么，同道堂家的"裕二"也是！什么呀！那么三天前黑衣男到处杀来杀去的三个全都是——！

"这么说，难道——玛丽是只狗？"

"不然呢？"Tom 的语气仿佛在理所当然地反问，"怎么，你还不知道？它是一只可爱的杂交狗，应该混了点儿牧羊犬的血统，有一身漂亮的红毛。"

"狗……狗……"

龙藏张着嘴说不出话。半晌，他睁大眼睛瞪向旁边的新寺说："你说的是狗啊！"

"哎呀，这家伙受惊了。"新寺的嘴角又露出戏弄人的奸笑，"我什么时候说过这三起事件是'杀人案'了？"

❷ 玛丽、裕二

为了三只狗奔忙。

在回侦探事务所的车上，龙藏像丢了魂一样。

答案竟是三只狗。

重点只是三只狗啊。

就这样，他满脑子都被三名（？）被害犬占据。

想来的确可疑。

彬彬有礼如新寺，却直呼玛丽其名；在同道堂裕子闯进警署报告"裕二被杀"之时，警察一直强调"连尸体都没有……"；精品店的女老板连小纯住哪里都不知道——

人们确实不会在游荡于夜晚的流浪狗名字后加个尊称。

狗丢了，警察当然不愿理会。

而店长当然不会知道一只在门口徘徊乞食的流浪狗住在哪里。

"……闹剧。"

"说什么呢。"

驾驶座上的新寺责备起呆然自语的龙藏。

"别忘了在这三起事件之前，还有两个人差点儿被杀。况且就算是狗，它们的生命也不容随便夺去啊。"

"但……但是……"

"你没养过狗吧。如果养得久了，狗的死亡远比那些庸人的死亡更让你悲伤。实际上，玛丽残忍的死状把一个女孩吓晕了，裕二被杀让同道堂家的寡妇变得有点儿疯狂，留衣也打心底担心小纯的下落。我也是第一次将连环杀狗案摆在和连环杀人案同等的位置上。"

"哈？"

"当然，我不保证BB将来一定不会犯下真正的连环杀人案……总之，我拜托过额田警部补，希望能和BB见上一面，当面问他把玛丽和裕二的尸体藏在哪里，以及他对小纯又做了什么。"

"这样啊。"

听着新寺的解释，龙藏终于振作了一些。原本瘫坐在座位上的他直起身，用平常的语气对新寺说："只要小纯没事就行。"

然而新寺却将自己的真实想法写在了脸上。

结束了针对龙藏的恶作剧后，名侦探新寺仁现在要给事件画上最后的句点。

可是，他的面前还有几个秘密未被解开。

玛丽和裕二的藏尸地。

第三只失踪的狗"小纯"的下落。

还有，所有人都没料到的，连续杀狗案的真正动机。

即便在素有犯罪都市之称的高塔市，也没人只因美丽的红毛就连续杀死三只狗。

"哎呀，终于还是露馅啦。"侦探事务所里，值班的留衣傲然坐在办公桌后等着他俩，"真希望当时我也在现场呢。"

"挺有范儿的。好啦，让开。"新寺一把推开椅子上优雅摆谱的代理所长，拿起电话旁边的记事本说，"有不少通电话嘛。这才十一点半。"

"嗯，托今天周刊的福，大家好像都知道我们事务所了。你还接受过周刊的采访？"无奈让位的留衣问道。

"说起来开业当天是接过两三通媒体的电话……喂，他们也太多事了吧！"

"这可不叫多事，他们可是诚心想采访你这位过气名人……"

"我不是说周刊记者，而是说那些打来电话的无聊委托人，害得我差点儿看漏了！"

新寺一只手从桌上那堆委托便笺里抽出一张，另一只手刚想去拿电话，电话就响了。他迅速将听筒拿起、放下，强行挂断来电。

"怎么了？这张便笺有什么特殊的吗？"

新寺腾地把便笺抵在一脸疑惑的留衣眼前。

"'裕子联系了我，我要去见她。'啊，这是……不懂，这是什么私人消息？"

"裕子是同道堂家寡妇的名字啊！"

新寺快速说完，摊开地址簿，边找边慌忙按着电话按键。

"咦？裕二被杀案的那个？"

"是！"新寺做出"安静"的手势，侧耳倾听电话里的声音。

可好像对方没有回应。

"不行啊……"

"怎么了？"

"我不是跟你说过，让你早上别错过同道堂三朗先生打来的电话吗？"

"对啊。"

"没想到竟是这人打来的。哎呀，重大失误。"

这下留衣有点儿慌了，她说："欸？这个名字是？我不认识啊。"

龙藏也走到两人中间，拿起新寺的便笺纸，念出留言下方的姓名，他也没听说过。

"这是谁？"

"喂师傅……想起来了吧，高塔第二小学的勤杂工。这是他的名字啊。"

"我怎么知道？！"

"声音和口头禅还听不出来吗？"

"可我一早上要接那么多电话……"

"那……那个——"龙藏身处两人的争吵现场，却怯生生地摸不着头脑，"前辈为什么要等同道堂三朗先生的电话？"

"等他告诉我裕子女士的行踪啊。"新寺的注意力又回到地址簿上，一边翻看一边回答。

"裕子女士出什么事了？"

"似乎从昨晚就没回家。今天早上我给裕子女士打去电话，想跟她聊聊黑衣男，结果没人接。所以我又联系了三朗，从他那里得知裕子一晚未归，他正发动熟人四处寻找呢。于是我让他知道裕子女士的行踪后跟我联络。"

"和勤杂工见面有什么不合适的？"

"她还不知道梯子诡计啊，所以一定是把喂师傅当成凶手了。她现在情绪不太稳定，只怕喂师傅说什么也没用，她做出什么事来都不奇怪。"

"喂师傅知道裕子怀疑他吗？"

"不知道。我早上只是拜托他，如果有裕子的消息记得联系我……是我的失误，应该向他交代得更清楚一些。不，应该跟留衣讲清楚利害关系的。"新寺挠挠头说道。

龙藏终于搞清楚事情的前因后果，但并没有接收到新寺的危机感。

"不过，只是因宠物狗被杀就大肆报复……"

"对她来说裕二不是宠物狗，是她的儿子啊。"新寺拨出第二通电话，又强调了一遍，"是她的儿子啊。"

在电话亭联系过喂师傅后，裕子返回"老巢"。

电话亭在柏油路边，距离山脚的"老巢"很远。不过在制裁那个男人之前，裕子还想再看一眼裕二的尸体。

裕子走在河堤上。这里是即将开盘热卖的超大住宅区"北高塔新城"，由于还在建设，河堤右边是一望无际、丑陋空旷的红土地。自从神明将裕二赐给她，三年来，她每半年就会带裕二来此地远足。每一次来时周围的变化都很大。先是绿意消失，其次山峦不见，接着黑土清空。原本流经此地、灌溉左右农田的大河也被改得七曲八扭，被迫流向宅地边缘。初看这些改变还挺有意思，但随着变化的规模越来越大，她渐渐从这样的风景中感到了阴森。

因为这里土地广阔，裕二每次来都很兴奋。但裕子非常讨厌这个地方。

如今，她更讨厌了。

柏油路周围与住宅区几乎齐平的低矮河堤随着靠近山脚而逐渐抬高，最终与山脚的相连处犹如悬崖。凶手的"老巢"便坐落在山崖最高处，再走几米便是林间小路。

占据高点，俯瞰整片住宅区的"老巢"是座由大型集装箱组装而成的双层铁皮房。

房子旁边有条下山的路。这里原先好像是工人食堂，现在已被弃用，桌椅也被搬空了。空荡的地面上只有散落的旧杂志和空饮料罐还残留着些微弱的气息。

尸体（正确来说是尸体们）躺在铁皮房二楼。走上紧贴集装箱外的生锈楼梯，便来到二楼入口，凶手好像拆了拉门的门锁。打开门后，宽敞空旷的房间中央的地面上有一团美丽的红毛——她深爱的"裕二"就躺在那儿。

死状太过凄惨。尤其是对头部的无情处理，更能显出凶手疯狂的罪迹。死后第三天，尸体已经腐烂，室内充斥着浓烈的尸臭。

但"他"一定是裕二。

昨夜，裕子凭借"他"耳中的地图找到此处，不禁跑向"他"

身边，用力抱紧"他"。她越抱越紧，直到"他"绵软变形。但即使这样，她也没有松手。

"不怕，今晚妈妈陪你，裕二……"

当忍不住的眼泪滴在裕二面目全非的背上时，裕子也在为亡夫和未能出生的裕二而哭泣。

"裕二，裕二……我可爱的……"

裕子抱着浸透回忆的红色毛皮度过一夜。在梦里，回忆化为更加清晰的形态，只是这团幻影随着清晨的到来从她眼前消失了。

睁开眼，抬起头，裕子心中不再犹豫。

绝不能让那个夺走裕二的男人再活下去。

不可饶恕。不仅绞杀裕二，那男人竟然还——！

环视房间里的惨状，裕子气得浑身发抖。

老巢里不只有裕二被绞杀的尸体！

杀了他。

裕子停止了回想。

杀了他。

走出房间，远远望着被运动服盖住的裕二的尸体，裕子下定决心。原想临走之前再吻一下裕二的嘴，但她始终没有再踏进房间。她怕自己再靠近"他"，眼泪会削弱决心。

等着，裕二，妈妈给你报仇……

给你报仇。

关上拉门，裕子背对悲伤，面朝仇恨。

下楼的脚步已不再迷茫。这是她从裕二走丢那晚以来迈出的最坚定的步伐。

同道堂三朗也说完全联系不上裕子和喂师傅。

这表明裕子打算独自了结一切，也表明喂师傅身处险境而不自知。

新寺即刻将事态报告给高塔署的额田警部补。得知此事的额头儿本不想管，但跟之前接待过裕子的胡楂儿刑警确认过她的精神状态后，终于同意给予一些基本的帮助。

这时候正好来了一条重要线索。

幸运的是，喂师傅是打车出门的。

根据出租车公司提供的线索，喂师傅在自家门口叫了出租车，向北行驶了十分钟，在新开发区的入口处下的车。

"新开发区的入口？'北高塔新城'？"

"嗯，未来是准备叫这个名字，您知道的真多。"

"那地方是我们家公司建的，不过嫂子为什么要去那地方？"

得知有了裕子的消息，同道堂三朗立刻赶来了新寺侦探事务所。推门的手还没松开门把手，就跟新寺进行了交谈。

"三朗先生可有头绪？"

"啊……也许有吧。"

"什么？"

"裕二非常喜欢那里，虽然嫂子也就每半年带它去一次。"

"半年去散步一次，真奇怪啊。"

"裕二基本是放养，平日里用不着散步。硬要说的话，应该是春秋两季，嫂子带着裕二去郊游。"

"哈哈。"

"啊，别说这些了，赶快走吧！"

"嗯，说得是，走吧。"

新寺起身，追向已从门口消失的同道堂三朗。龙藏的屁股刚离开沙发，桌上的电话便响了。

又是杂志采访吧。

龙藏没来由地这样想，他示意留衣接电话，自己准备出门。

然而——

"雷津哥！"

仅仅听对方说了一句，留衣便脸色骤变，立刻叫住了龙藏。

龙藏上半身探回房间：

"怎么了？"

"快叫哥哥回来！"

"啊？他们都……"

"喂师傅，喂师傅死了！被裕子杀了！"

"耳朵？"

坐在新寺的车上奔往杀人现场，龙藏不禁重复着侦探的话。

不顾限速地行驶在城北住宅区旁新修的辅道上，向辅道终点——未来的"北高塔新城"——一路狂奔。

后面还跟着一辆进口汽车，除司机同道堂三朗外，车里还坐着留衣和 ZERO-ZERO 乐队的 Tom。

因为得知疑似找到了玛丽，Tom 也申请同行。至于留衣，则是因为她强烈要求"想坐一次进口车"。

"虽然还没完全弄清楚，但事情应该是这样的：裕子在喂师傅家的储藏室发现了裕二的耳朵，从而发现了标着藏尸地点的地图，应该就是走这条路。"

新寺自己都难掩困惑。

"为什么裕子会在喂师傅的储藏室里找东西，而且还是藏着地图的耳朵？"

额头儿在电话里转述的杀人者的自白离奇至极。因为过于离奇，让龙藏瞬间以为是额头儿用来迷惑新寺的策略。

"毫无疑问，她发现那些东西多少用了些非法手段。应该不是选择房间无人时潜入，而是趁我们对谈正欢之时……但这些都不是问题，问题是裕二的耳朵为什么会出现在喂师傅家里。太离谱了，而且耳朵里还藏有地图。"

"是凶手 BB 放进去的吗？"

"也不是完全没可能，但凶手应该不认识喂师傅才对。他把地图塞入耳朵，是为了嫁祸他人吧？"

"但现实是裕子真的相信喂师傅是凶手啊。"

"她的精神不正常。我猜她脑海里一定浮现出凶手抚摩着裕二可爱的躯体，享受地把玩塞了地图的断耳的模样。但那些都是想象，不是现实。"

"如果……啊，也有可能！"

龙藏的脑袋里突然冒出一个从未设想过的观点。

"全部都是同道堂裕子干的！"

"什么？"新寺瞟了眼龙藏，皱起半边眉毛，"但裕子应该不知道 BB 的藏尸地点。"

"不是！一系列事件全都是她干的！三天前，她出于某些原因杀死了裕二，然后精神异常，接着攻击了另外两只红毛狗。她先利用绳索从 ZERO-ZERO 排练房旁边的空房间逃脱，又编出一个不存在的黑衣男出来。"

"那我看见的黑衣男要如何解释？还有之前两起伤害案，你觉得跟她无关？"

"这个嘛……"

龙藏苦恼了片刻，但只要理论的骨架牢固，证据链总能连得起来。面对新寺尖锐的质疑，龙藏感觉总算找出了答案。

"是这样。首先，新寺前辈看到的是个女人。你一开始不是也说分不清性别吗？那是裕子为了坐实黑衣男的证词而做的伪装。而且，大白天有人穿一身黑在路上徘徊，太过招摇和显眼了。另外，那两起伤害案大概率跟本次事件无关，或许主妇案是裕子干的。"

"哦？为什么？"

"因为我们一直预设这五案为同一个凶手。城南女初中生案确定是男性所为，所以我们在下意识里也认为连续杀狗案的凶手是男性。但留衣妹妹昨晚问过我，为何只有女初中生一案不在高塔站周边？那是否可以说女初中生案和其他四案无关，后面几案的凶手也不一定是男性？"

"有趣，就是思路有点儿粗糙。"

本以为新寺会震惊，但他在龙藏说完后展开了紧皱的眉头：

"明白了，把两起伤害案做切割我觉得没什么，但裕子的行为实在难以理解。如果她是凶手，割下裕二的耳朵藏进喂师傅家里的自然也是她。但她这么做的目的是什么？"

新寺的反驳很有力。龙藏感觉自己短命的理论正在瓦解。

新寺继续道："做这些事她能得到什么？频繁残杀同一类型的狗，并隐匿尸体，这些可以理解。但自己主动去嫁祸别人，然后再把被嫁祸的人杀掉？这说不通吧。利用尸块嫁祸成功之后不就了事了吗？"

"……有道理。"

"当然，我只是针对动机说说自己的推理，不一定对。比如在本案里，裕子也许就是想杀害她的嫁祸对象，又或者她本来就对喂师傅心怀杀机，嫁祸杀狗罪名只是她的伪装。在精神异常者和未知情报面前，推理也无能为力，所以我不会一味地否定你的想法，只是在现阶段还是粗糙了点儿。"

"可要这么说，还剩下什么别的切入点吗？"

像是被问住了，新寺眯眼沉默了几秒，似在整理思绪。但渐渐地，他的视线里有了光，半张开紧闭的嘴唇，似乎难抑翻涌而上的言语：

"……还剩一种可能。"

确认过前路安全后，新寺回头看向龙藏说："最单纯的思路——裕子已经找到了真凶。"

开出商店街，向北行驶两分钟，辅路就与国道相连了。说是国道，但其实只是那种穿山到达邻市的土气公路，沿途几乎不见一间民房。

这里曾被称为山道，但如今早已变样。国道左边的两座小山包已经消失，取而代之的是大片平旷的红土地。

平地中央有条宽阔的道路，只有这里铺了柏油。新寺从国道开进这条路，路口有块大路牌，上面写着"北高塔新城规划区"。

尽管汽车畅快地开在笔直的公路上，但左右的红土地让车里的人感觉汽车好像没有移动。土地上勾勒出区块边线，在春日的映照下，区隔出的土地就像一张张红褐色的地毯。

柏油路在山前河堤边到头。拐过一座事务所模样的方形水泥建筑，汽车上堤右转，在堤道土路上颠簸。道路左侧是宽阔的河道，龙藏俯瞰河床上的细流，无端想到河水里是否掺杂了喂师傅的血。

随着汽车向山上开去，小河渐渐变为山间溪流。新修的堤道也在中途逐渐过渡为颇有野趣的林荫路，可见堤道应是改建自这里早就有的上山小径。在堤道变为林荫路的当口，有座二层的铁皮房，房前还有几个像是调查人员的人影正在徘徊。

这里大概是调查人员的临时休息室吧。见此情景，龙藏没有多想。

汽车又在山路上开了一分钟，随后停在一座架在溪谷上的小桥前。涂着红白油漆的铁桥和周围格格不入，桥边停着三辆警车，乌泱泱地聚集着许多人。

新寺和龙藏下了车，向人影走去。后车上的三人也在他俩上桥之际赶到。在桥头人群中，他们很快发现了那个熟悉的大高个。新寺亲切地向正在事无巨细地叮嘱手下的男人打招呼：

"额头儿。"

"啊，这不是——"

一看见新寺，额田警部补就露出一抹和蔼的笑容。毕竟是在杀人现场，他的笑容中带着些许冷峻。旁边穿制服的刑警本打算上前阻止众人进入现场，一见警部补的态度，又慌忙退了回去。

"真是丢脸了。要是早听新寺先生的话采取对策，恐怕就不会酿成这一悲剧了。"

"不不，至少本次案件，失误在我。我应该早一点儿警告喂师傅的，尸体已经……？"

"是的，已经搬走了。他被人从桥上推落，撞到了河底石头，当场死亡。"

额田警部补竖起大拇指向后指着隐藏在绿荫下的河底。

"凶手确实是同道堂夫人吗？"

"看样子是她没错。柏油路和山路连接处不是有座事务所模样的建筑物吗？同道堂家的寡妇用那边的公共电话报案自首，并在电话里哭诉了她的杀人动机。"

"因为喂师傅家中有藏着'老巢'地图的耳朵，所以她要杀了他？"

"不错。她以有急事为由将喂师傅骗了出来，然后把他推下桥……不过怎么说呢，被害人也是蠢，竟没有一点儿警觉。"

"这大概是——"新寺意识到三朗还站在身后，"喂师傅人太好，还是说——他真的干过亏心事？"

"这还用说，肯定是他人太好了呀！喂师傅怎么会——"

三朗大声喊道。龙藏对他的反应早有预料，倒是站在三朗两旁的留衣和Tom毫无防备地被吓了一跳。"搞……搞什么嘛，吓……"Tom发了下牢骚，但很快被三朗的模样震慑，立刻闭了嘴。

"不过，"额田警部补安慰道，"假如同道堂家的寡妇说的是真话，那么有裕二的断耳，并将地图塞入其中的人只能是凶手，对不对？"

"这……这……凶手……凶手也没必要做这种事啊！"三朗仍想反驳。

"不，假如凶手就是以杀红毛狗为乐的话，也难保他不会一边看着尸块和藏尸地点一边嘿嘿坏笑。"

"胡说！一定是凶手有意让我们这样想，所以才把断耳偷放进喂师傅家里的。"

三朗怎么也接受不了喂师傅是凶手。而在耳中地图一事上，龙藏也认为是有人想嫁祸喂师傅，才故意将断耳放在他家里。

"可是……"

额头儿还想辩论，新寺却突然说道：

"不，凶手准备断耳肯定是要嫁祸他人。"

咦，前辈不怀疑喂师傅吗？龙藏惊讶地看着他。

但新寺不是对着额田警部补说这句话的，而是对着三朗。

"但我认为是喂师傅打算嫁祸他人，只是没来得及。"

一瞬间，龙藏感觉眼前的迷雾散了。

五人听说途中那座二层铁皮房就是凶手的"老巢"，便告别了仍在现场忙碌的额田警部补，驾车返回林荫道的入口。

"你跟我说过，昨天上午你和裕子曾去勤务室拜访过喂师傅吧？"

新寺把车停在铁皮房前的空地上。两人走向建筑外侧的楼梯时，他向低头前行的三朗问道。

"是的。"

"那时喂师傅一定已经有了危机感。他知道能从停车场消失的只有他自己，这太糟了。"

"可你不是说用梯子谁都可以逃走吗？"

"恐怕不是。不好意思，我想错了。招牌和假花姑且不论，但身为勤杂工，把梯子落在墙外还是太粗心了……而且，就算凶手当晚真用到了梯子逃生，喂师傅仍有最大的嫌疑。"

"所以他割下耳朵……"

"对，昨天我和你拜访喂师傅是在晚上八点。在那之前他来到老巢，割下裕二的耳朵，打算在今天的某一刻，嫁祸给某个与案件相关的人，比如三朗先生您。所以他将断耳暂存在储物室。昨晚我们在停车场现场勘查时，他应该在心中反复告诫自己'别担心，等到明天，这些死狗就不再归我所有了。等到明天——等到明天——'"

"……怎么会这样。"

三朗握紧拳头，停下了脚步。新寺拍了拍他的背，鼓励他先去认领尸体，接着看向 Tom 说："还有玛丽，'她'一定也在这里。"Tom 微微点头表示明白，爬上面前的楼梯。

"小纯……也在吗？"

当他们靠近铁皮房时，留衣一直紧紧挽着龙藏，一脸不愿相信地问道。

"很遗憾，很可能在。"

留衣低下头。龙藏问她要不要在外面等着，留衣说没事。

"但它遭受的可能不只是击杀和绞杀。"

"我没事。"但女孩的呢喃听起来可不像没事。

留衣走上楼梯，平复了心情的三朗、龙藏和新寺跟在她身后。

众人刚上到二楼就被门口的刑警拦住了。新寺认识他，上前说了声"都是自己人"，那位刑警这才拉开门并告诫道："里面很臭。"

进屋之后，尸胺的特殊臭味倒没那位刑警所说的那样浓烈。不过今天天气晴朗，室温上升，房间里仍充斥着超乎想象的腐肉臭气。

直愣愣、空荡荡的房间里除了地板，别无他物。不过龙藏觉得正因为如此，这样的房间拥有着普通住家所缺乏的通透，更接近年轻一代对房间的追求。

但再怎么年轻，他们也不愿房间中间躺着死狗吧。

黑色运动服盖着毛茸茸的一团。周围四散着胡乱涂抹的血迹和满地细毛——还有一柄小柴刀。

"只有裕二吗？"

新寺轻吐心中所想，走进了房间。尸体几乎完全被运动服盖住，好像下面只有一只小型犬。

新寺单手掩鼻，另一只手把运动服掀开了半边。眼前的惨状让龙藏的脸因惊恐而扭曲。

尸体被砍断了脖子。

一定是那把柴刀。尸体背对入口，只有眼窝空洞的狗头直直地立在地板上，瞪着龙藏等五人。

太残忍了。

龙藏不住地颤抖，不过他的颤抖还不仅仅因为凶手的疯狂。

下一瞬间，难以置信的一幕发生了。

Tom、三朗和留衣三人看见这具尸体——不对，因为不是全尸，所以应该叫看见这"堆"尸体之时，一齐出声——

"玛丽！""裕二！""小纯！"

他们竟冲这"堆"尸体喊出不同的名字！

❸ 玛丽、裕二、纯

就算高塔市是全国闻名的犯罪都市，也没有哪个凶手仅凭一身美丽红毛就杀了三只狗。

凶手接连犯罪的动机，或许确实是出于玛丽、裕二、小纯的红毛。但说到底，这只是针对一只狗的恶行。一只有时叫"玛丽"，有时又叫"小纯"的放养狗的悲剧。

尸首虽已腐烂到露出眼窝，但 Tom 还是一眼认出它是"玛丽"，三朗和裕子也能直接断言它是"裕二"，而留衣也说这就是"小纯"。

红毛连环凶杀案的幻影在他们齐聚一堂之际，顷刻间烟消云散。

"在推理小说中，特别是本格推理类目之下，这被称为'连续杀人'。"

新寺给尸体盖上运动服，缓缓起身，开始了不合时宜且失礼的趣谈。在他看来，眼前所见让他萌发了纯粹的激动，自然地说出了这些话，但终究只是一些太过唐突，又太不严肃的絮语。

可没有人阻止他。面对突如其来的冲击，剩下四人都无力开口。

这三个案子……竟是同一起事件。

"当然，我们不能将此案当作单纯的连续杀人案，虽然连续杀人是推理小说中的一大主题。"

"嗯。"

从腔调分辨，应声的似乎是龙藏。每当意识到新寺的"推理演讲"，他便会如往常一样随声附和。

"根据案件情况，本案主题应该叫'缺失一环'（Missing Ring）。侦探的当务之急是从乍看之下无差别的连续杀人中找出关联。可能杀人用的绳索是同一根，可能是被害者姓名的首字母按 A、B、C 的顺序排列，也可能案发前被害者都会收到杀人预告。总之就是明知罪案是同一凶手所为，却怎么也抓不住共同的动机。接下来就看作者如何各显神通，创作出不同的结局……这次的案子，总让我几度联想到这种推理。虽然不是杀人，但这会不会就是针对红毛的无差别袭击案件呢？凶手会不会就是要对红毛下手？可是谁能想到这个案子是特例中的特例，被害者竟是同一个！荒唐，简直太荒唐了！"

新寺忘了捏住鼻子抵御臭气，仰望着天花板。

"本以为是连续杀狗案件，结果只是三个视角下的同一个案子，再喜欢捉弄人的推理作家也写不出来。玩我呢！完全是在玩我！"

"这么说来……"

在新寺的解释下，龙藏终于全面地理解了案件性质，也体会到了犯人的行为有多么偏执。

"喂师傅先击杀了那只狗，接着又用绳子绞断了它的脖子，最后再运到这里分尸，是这样的吗？"

"应该是……"新寺面向龙藏点头说道，"犯罪行为很异常。最初的击杀可能出于一时激情。之后的绳绞，可能是因为狗又活了过来，但砍头就很明显是凶手的怪癖了。"

闻言，场上全员的目光自然地聚集在地板上的柴刀上。

"有没有可能是为了方便搬运而分尸的？"

大概是想减轻一点儿凶手——喂师傅——的凶残程度，三朗的语气近乎央求，新寺却摇了摇头。

"我觉得凶手不会再移尸别处了。而且裕二——先这么称呼它吧，也没有大到必须分尸才能运走的程度。它的身体可以放进一个大号手提箱或者汽车后备厢里，再分尸反倒自找麻烦。"

"……"

"大概它也是被装进类似的提包运到这里来的吧？"龙藏又问。

"可能是吧。看现场，喂师傅也没有留下汽车或者自行车，所以打车、走路或者走路加坐公交车来这里都有可能。但再怎么说，他直接将其拎过来还是需要勇气的。"

"但至少从 ZERO-ZERO 所在的大楼到裕子发现裕二的那块空地，凶手要直接拎着啊。"

"啊，雷津君你还没发现吗？玛丽案和裕二案的犯罪现场是同一个地方啊。"

"欸？"

龙藏完全没听懂侦探在说什么。他虽从未去过裕二遇害的那块空地，但大楼三层怎么能和空地是同一个地方？大楼和空地……大楼……啊，原来是这样！

龙藏总算明白了对方的意思。

"你是说，那座大楼旁边的空地？"

"没错。我也是刚刚才意识到。太大意了，注意力全放在那个停车场了，当时我还想着回头再去看一眼那块空地，结果给忘了。如果我去过那里一次，今早我在玛丽案大楼旁边的空地上停车时，应该立刻就能想到那里就是裕二案的那块空地。"

"也就是说，喂师傅在三楼空房间击杀玛丽后……"

"他先逃离了现场，可乐队的人发现了尸体，引发了大骚动。他便折返房间，把尸体从窗户扔到空地上。为了完美善后，他随后来到空地上，岂料'尸体'不知怎么竟活了过来。由于没带上之前的锤子，他只好拿起随身携带又或是随手从路边捡来的绳子绞杀了'裕二'。

"可这时被裕子看到了。

"喂师傅慌了，一心想逃，马上奔回自己的主场——小学。虽然他甩掉了裕子女士，但就像害怕ZERO-ZERO引起了大骚乱一样，他也害怕裕子会做出什么疯狂行径。尸体不能留在原地，必须尽快把它运走。于是喂师傅横穿校园，返回空地，把尸体塞进顺手从学校拿的某件容器中，然后将其运回家中或直接运来'老巢'。

"而第二天一早，有人发现小纯失踪了。"

等新寺说完，龙藏为案件全貌深深地叹了口气。不过在新寺方才的推理中，他还是发现了一点不合理的地方。

"还有一点我不理解。"

"我知道，锤子。"新寺似乎早有预料。

"是的。赶来空地的喂师傅为何没带上锤子？当然，正常人都会有此疑问，否则没法解释他为什么换了凶器。"

"嗯，你应该还能指出一点——'喂师傅明明害怕骚乱，为何还要冒险返回案发现场？'因为就像我们之前所想，如果凶手是'从窗户上面放根绳索'来逃离空房间的话，整个过程是非常危险的。你想啊，潜入大楼、犯案后利用绳索从窗户逃脱（当然此时收掉了绳索）、在 ZERO-ZERO 的成员发现尸体后再次潜入大楼、将尸体扔到空地上，然后再从房间逃脱。"

如此行动，风险确实很大。

"好奇怪啊。这一通忙活。"

"是很奇怪。奇怪在哪儿呢？第一，喂师傅是什么时候处理掉第一件凶器的？第二，他为什么要草率地带走尸体？雷津君，这些就是本案最后的谜团了。而我直到刚才都还没注意到答案。"

"现在注意到了？"龙藏毫无头绪地问道。

"理论上算是找到了。只是还有一些地方需要确认，要跟我一起吗？"

"当然！"

龙藏立即答道。与此同时，他听见自己的声音上还叠着另外三个声音。

"话说回来，那孩子为什么会在这么大一片空地里徘徊呢？"

汽车行驶在住宅街区边的辅道上。坐在和一小时前反向疾驰的车上，留衣把脸凑近前排司机新寺和副驾龙藏之间问道。

"是啊。首先那只狗的主要身份是'裕二'。毕竟 ZERO-ZERO 的排练是十天一次，在兰迪精品店露面也就是每天早上那一个小时，'玛丽'和'小纯'对它来说就像到达散步终点时的友情客串。"

新寺说着，在空中画了个大大的等腰三角形。

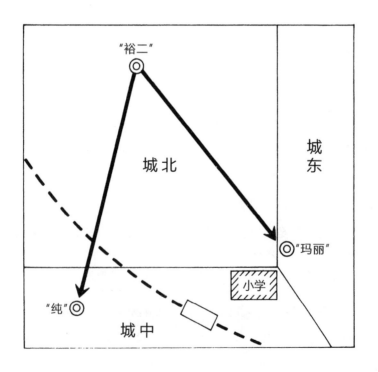

"同道堂裕子家、ZERO-ZERO 的排练房和雷津大厦的位置大概是这样的。同道堂家到另外两处的距离相等。虽然范围很大，但按三朗先生所说，裕二经常任性地在这块地界游荡，也就是说，它会在以此距离为半径的圆内活动。"

"可是……"留衣还想追问，她似乎仍无法接受"小纯"只是个虚幻的名字，"ZERO-ZERO 那边我可以接受，因为基本紧贴住宅区的延长线。但是要来雷津大厦，就要穿过有护栏的铁路线，进入完全陌生的街区。对于狗狗这种有领地意识的动物来说，也太冒险了吧。"

"但它实际发生了，所以也没办法。而且对裕二来说，那边还真不算偶然间误入的陌生街区。"

"什么意思？"

"我听三朗先生说，裕二不是裕子从熟人家或宠物店得到的，而是她在某个雨天购物回家途中，偶然在路边捡到的一条奄奄一息的小狗。正因如此，裕子才说它是神明赐予的，还用之前错过的神明恩赐（流产的孩子）之名为它命名。那么，问题来了：捡到它的地点在哪里？或许并不在铁路以北。虽然'小纯'是半个月前开始去兰迪的，但或许在它被收养之前，那里就一直是它的活动范围。我不觉得每天一早跑那么远只为了店长给的早饭。上午去出生的街区，下午回成长的街区。在这三年里，它不断重复着这样任性的生活。"

"双重生活吗？"

"加上玛丽就是三重了。不——恐怕还有更多。流浪狗嘛，去的地方越多，它得到的名字也就越多。"

"而且无论在哪里，它对自己的新名字都照单全收。啊，不知怎的好羡慕它呀。只要它想，随时能逃离周围令人厌烦的视线。只要它想，随时能变换成另一个身份……"

龙藏想到自己被安排得明明白白的生活，不禁感慨道。

新寺瞥了眼龙藏，想要说些什么。龙藏察觉到他的视线，看向驾驶座，可不知怎的，新寺欲言又止。

"只不过……"

几秒钟后，后座的妹妹说出口的，恐怕是她哥想说未说的话：

"我想光是扮演这些角色，它就已拼尽一条命了。"

两辆车从辅道中段开进住宅区，沿着住宅区的大道一路向东，来到玛丽案的案发现场，同时也是裕二案的案发现场——一幢四层综合楼。

得到那位中介兼楼管的许可后，侦探领着四人小跑上楼，来到三楼的案发现场。

当中介大叔对侦探一天之内来这里调查两次而一脸诧异时，Tom 有些兴奋地向他解释："这次要解谜了！"

一听这话，大叔立刻提议拍张合照纪念一下，没准以后能在书上出现，一再表现出他的出版物情结，但 Tom 叫他别添乱。

"从头说起吧。"

把两个房间的门锁打开，全员在 ZERO-ZERO 排练房——门上带窗的房间——集合后，新寺走到门口，半个身子留在楼道，开始说明。

"接下来说的是不是那晚的真相，我也不能断言。之前我对雷津君说过'喂师傅到空地时没带锤子'和'冒险返回处理尸体'，都是基于他判断力正常的前提下所做的假设。所以暂不考虑他实际上带了锤子却不用，或就是沉迷折磨尸体，全然不顾现场危险的情况——我之所以要提前声明，是因为现在的假说存在一个不可或缺的巧合，一种可以复现的物理现象。但假如不巧没能同时凑齐一些条件，这个诡计便不会成功……不过，若能发现这些巧合，那么就能完美解决锤子和弃尸两个问题。不慌——"

新寺看了眼还在发蒙的中介大叔，说："在此之前，我先把由其衍生出的凶手消失的谜团解开吧。"

"但是新寺前辈，凶手消失的诡计不是已经解开了吗？凶手是用绳索逃离的。"

龙藏一边做出放下绳索的动作一边问道。

"不对。"侦探不留情面地否定龙藏。

与其说是否定龙藏，不如说是否定了自己。新寺摇了摇头说："凶手不是从窗户逃出去的，是堂堂正正从门口走出去的。"

"啊？可是——"

"总之我先去准备。"

新寺留下正欲反驳的龙藏，走到了走廊上。房门虽然敞开片刻，但不久就慢慢转动，最后自动合进门框。

不到一分钟，新寺返回房间，说还有个偶然条件需要大家配合。

"需要配合什么？"倚靠在中央窗框上的 Tom 问道。

"我需要的——不是别的——是你打开窗户，坐在窗台上。"

"这扇窗？"没想到自己还有演出任务，Tom 吓了一跳。

"是的。就像案发当晚 BB 那样坐在窗口。"

Tom 不解地歪着头，但还是依新寺所说打开了窗。见他坐定后，新寺又看向龙藏。

"雷津君你扮演优佳，和窗边的 BB 吵架。"

虽然搞不清楚状况，但龙藏还是和 Tom 互指对方，做出口角的模样。

"紧接着优佳负气走向走廊。"

龙藏愤怒地背对 Tom，享受着自己那一点儿可怜的演技走向门口，粗暴地抓着门把手一拧，猛地推开房门。

一瞬间，隔壁房门啪的一声关上了。

一只脚刚伸进楼道的龙藏呆立当场。不过鉴于他明确知道那扇门后无人，所以很快就看破了新寺的诡计。

房间里同样听到啪嗒声的众人也和龙藏一样，明白了事件的真相。

Tom 连忙跳下窗口，和离门最近的三朗一起从龙藏身边跑过，直冲门外。留衣和中介大叔也争先恐后地跑了出去。直到被新寺拍了下肩膀，龙藏才惊醒般地跟在他们身后来到空房间。

跟大家预想的一样，房间里空无一人。只是进门左手边面向那块空地的那扇窗户有一条十几厘米的缝隙。

"风！是风！"Tom 叫道，"是风带上了房门！"

"是的。"最后进入房间的新寺等待片刻后开了口，"准确来说是气流。BB 在排练房开窗，凶手在空房间开窗。两个房间之间是被铁门完全密封的走廊，物理条件完美集齐。如果此时空房间的房门半开着，在优佳推开排练房的门时，整个三楼的空气南北就流通了。恐怕当晚户外气压高，室内气压低。空气猛冲出排练房，顺势关上了空房间半开的房门——怎么样，雷津君？"

新寺砰地关上窗户，对龙藏说："这下明白了吧。喂师傅把锤子藏在了哪里？"

"……大楼里。"

"为什么明明引发了骚乱，他还要立刻把尸体扔出窗外？"

"因为大家正在惊讶凶手消失时，喂师傅还藏在大楼里……"

"就是这样——在怀疑 BB 时，我们不是也讨论过凶手消失的手法吗？那个诡计原理上也可行，但相比之下这样要更简单，更自然。在空房间里杀害玛丽之后，喂师傅察觉到有人回到无人的排练房（其实是优佳才赶到只有 BB 留守的排练房）。因此他虚掩房门来到走廊上，偷偷看向隔壁房间，所以 BB 和优佳都感觉到楼道里有人。可是突然，房间内的女孩要出来，喂师傅慌忙跑进男厕所。随后如你所见，气流带上房门，事态变得复杂。"

"为什么他不返回空房间呢？"

"因为那太危险了。如果人尸俱获，那一切都完了。而且既然他能确定出来的是个女孩，那么哪怕没听到优佳那句'上厕所'，躲进男厕所也绝对安全。"

"原来如此。"

"无论如何，亏得他没向走廊的反方向跑去。如果他往反方向跑，躲进储物间，优佳就不会感觉有人躲进空房间。正因为她感觉有人逃往空房间，才没注意到那个简单的自然现象。如果他逃向楼梯，则会迎头撞上队长他们，同样会被发现。"

"他真是太走运了。"

"走运吗……不过也可能因为他脑筋灵活。打开窗户，虚掩房门，恐怕都在他的计算之中。"

"可是，那也……"

"对，只有 BB 在这边开窗，他的诡计才能奏效。不过就算不够有把握，能留意到气压并加以布置，依旧称得上是诡计。比如有的魔术师常年在上衣口袋里放一张黑桃 A，在表演纸牌魔术时，他会随意问一句'顺便请问你最喜欢哪一张牌'，当对方答到黑桃 A 时，他就拿出来。"

"还有这种事。"龙藏觉得这很蠢，"那观众要是说的是其他的牌，那就演不下去了，不是吗？"

"不，不是的。当观众说出不同牌的时候，为了不让对方起疑，魔术师自然不会说：'遗憾，我口袋里放的那张牌和你所想的不同。'而是会说：'是这张牌？哦，那么你的性格恐怕是……'这种准备的好处在于稳赚不赔。所以——"

新寺走近敞开的房门，故意啪的一声关上了它：

"如果得手，效果绝佳。"

魔术里的黑桃 A？

龙藏想，至少此案的观众回答黑桃 A 的概率相当高。

击杀玛丽的锤子在储物间的工具箱里被发现。因为工具箱之前完全没人用过，所以管理员也没注意到。

凶手消失的骚动过后，喂师傅大概没觉得这会是一起事件。于是在众人将优佳运下楼时，他进房间把"玛丽"扔下空地，将锤子放回工具箱。之后看准中西智明和尾藤貘的行动路线，明晃晃地下楼，回收了空地上的"裕二"。

多么荒谬的案子。

在回雷津大厦的路上，龙藏坐在车里回想着这起奇案的全貌。

空气制造的密室。并不存在的三重杀人。对，既不是三重，也不是杀人。

只是并非所有疑点都被解开了。虽然破解了杀狗案，但也只是揭开了一只狗的死亡真相。必须有明确的证据证明之前那两起红发（人）伤害案也是喂师傅所为。

从现在开始，就是正式的犯罪调查了！是时候让你们见识我搜集情报的能力了！

龙藏意气风发，给至今没做出什么贡献的自己鼓劲儿。

不过就像龙藏所说，新寺仁已经不是素人侦探了。

第二天，新寺从兰迪精品店的店主那里收到了微薄的谢礼，又开始将精力投入后续的委托之中。

一个月后，城南又发生一起诱拐女初中生未遂事件，嫌犯是个年轻男性，对女生施暴未果后脱逃。在高塔南署缜密的调查取证后，该嫌犯于案发后的第二周落网。

嫌犯是预备学校的学生，对自己的罪行供认不讳，并供认大约两个月前在公园内袭击过一名红发女初中生。

（犯人'）

抬头看向铁窗，青年想着他心仪的女生。

优佳。

关在这里已经两个多星期了，可她只在量刑时来过一次。之后甚至连一封信都没寄来过。

"我要组新乐队了。"

最后一次见面时，她如此说道。

"Tom 放弃摇滚了，Hes 好像去了外地……新成员都很好，乐队的名字叫'PALM SIX'，大家都很棒。还有啊，担任队长的是弹贝斯的男孩……"

她现在的生活挺开心的。虽然一开始有些拘谨，但聊到新伙伴时，她便怎么也停不下来。青年竭力装出不悦之色，但从未见过他笑脸的女孩早就见怪不怪，丝毫不为所动。

本来只是一起单纯的案件，却被法官审了很长时间，原因必然是青年非要不停痛骂那个被他杀死的同伴。法官以"特案特办"为由（这也是那个辩护律师老头的台词）判处重刑。

我全都是为了你啊，优佳……

事到如今，青年的眼睛湿润了。在此之前，他一次泪也没流过。

而最重要的是，青年始终没注意到那个女孩已经和他渐行渐远。

（犯人 " ）

"啊。早啊，老公。"

女人冲"终于从卧室出来"的丈夫打招呼。

"你终于醒了。我叫了你三次，你还记得吗？欸，不知道？……不，我真叫了你四次。好啦，快去吃饭，上班迟到了我可不负责……裕二！裕二！你也快起来吃饭，都是一年级的小大人了，不能独自起床可不行呦！——真拿你没办法，唉……啊，醒了吗？那快去刷牙洗脸——哦，对了，老公。我晚上做了个奇怪的梦。非常怪。在那个世界里，你和裕二都死了……哎呀，别生气，别生气，我说了是梦，是梦啦……欸？都说了不是啊。没人这样想，大概是睡前看了推理悬疑剧的缘故吧。然后呢……啊，你等等——裕二！别开着水龙头刷牙，浪费！——然后呢，我是寡妇，你不是有个弟弟叫三朗吗？我喜欢他。后来……欸？——啊，不是！这些都是背景设定，设定！后头才是重要剧情！你啊，就是太沉不住气，先听完再说——那个，我是寡妇，养了只狗，名叫裕二，它有时晚上会不着家。后来有一天它直到晚上还没回来，我心里特别慌，便出门找裕二……嘿，亲爱的你在听吗？"

对方认真在听。

可那不过是一面水泥墙。女人絮絮叨叨说上一天的话，就算它能听得见，也听不懂。

窗外的月光在正和墙壁说话的女人脸上落下条纹状的阴影。

走廊对面的病房里，今天刚入院的病人又发出了野兽般的嚎叫。

（凶手）

整理好凌乱的桌面，男子注视着从抽屉里的和纸信封中拿出的照片。

这是已经遗忘的——不，一直想要遗忘的记忆在男子脑中复活。

顺子……

这是离他而去，同别人成婚的红发女子的照片。那个让他爱到疯狂，又让他疯狂杀狗的红发女人。

讽刺的是，自己还是调查被杀犬下落的侦探。这张照片是接案那天，确切地说是接下案件的前一天留衣递来的。

新郎和新娘的合影，顺子幸福地抱着捧花。因为是特写，白色婚纱上的细小水滴花纹都看得清楚，还有被轻薄的面纱遮住的火红头发。

"畜生，去死。"

击杀"小纯"时迸发的话语再次洒落男子唇边。

但他已经没那么容易丧失理性了。

为什么？因为自己一时冲动，创造出多少个被害者！

若不是他杀了"玛丽"，那个杀害队长而服刑的 BB，他的人生也不会一落千丈。

若不是他抹杀了"裕二"，那个听说进了精神病院的寡妇也不会是如今的境地。

还有被他们所杀的"队长"和"喂师傅"。

他只是杀了一只狗，那四个人却各自背上了本不属于他们的不幸。

只是，说起男子自己，他的结局称得上无比幸运。虽然发生过好几次意外，弄得他几乎精神崩溃，却总算化险为夷。

他谎称自己在小纯消失当天透过窗户看见的黑衣男，其实就是他自己。

那天他出门时穿着黑色夹克和黑色西裤。听到"黑衣男"的当下，留衣的表情就有点儿微妙，大概是想说"那不是和哥哥出门时的装束挺像的嘛"。现在想来真是个危险的伪证。不过既然被裕子看到，黑衣的特征也不能随意篡改。

那一天，男子对小纯（主要是对它和顺子相似的红毛）的憎恶达到极点。从早上开始，他如中邪一般跟在它身后，寻找杀掉它的机会。可小纯一直往人多的地方去，到了傍晚，才来到 ZERO-

ZERO 排练的大楼。似乎是为了放狗进门，玄关门口还塞了门挡让门一直开着。

小纯径直上楼，蹲在三楼楼梯口的铁门前。男子当即明白它在等人，但想到若被人发现自己待在楼梯口可就糟了，于是他开门把狗放了进去。虽然口袋里准备了塑料绳，但他无意间发现了储物间里的工具箱，便把凶器换成了不用直接接触就能杀人的锤子。三楼有两个房间，一间没有上锁。男子把温驯地跟着他的小纯带进房间……杀掉了。

随后 ZERO-ZERO 的成员来了。他们没进这个房间，倒是隔壁不时传出乐器声。可男子拿不准他们是否会到走廊上去。从唯一的楼梯可以逃出去，但必须穿过楼道才可以。男子开窗透气，专心等待机会。

不久机会来了，他听到乐队成员要集体外出。正当他想着总算能出去之时，突然感觉隔壁房间又来了人。男子让空房间的房门半掩着，自己走向亮灯的隔壁房间窥看。他并非有意半掩门扉，不过在心里有种预感——这样做门也会自动合上。

而那个现象果真发生了。

实际上他完全没有预料到。他只听见隔壁女孩说"上厕所"，便拼了命地跑进男厕所，无暇确认空房间的房门是否关上。

跑进男厕所固然正确，但他发现厕所里面没有窗户，想逃回空房间都办不到。走廊上又响起几个男生的聒噪声，他做好心理准备——完蛋了。

可是，这之后——

走廊上发生了异动。

男子也搞不清发生了什么。不过，他知道尸体被发现了，接着全员下楼。事情闹大了，再这样下去，一堆人会聚集于此，引发轩然大波。

男子连忙返回空房间把尸体扔出窗外，并将锤子放回储物间。

这段时间极为紧张。就在男子打算走出储物室的瞬间，两名乐队成员又回来了。他屏住呼吸，让他们过去，借门缝确认他们进屋后，才迅速穿过楼梯口下楼。

楼前还剩下几个刚才凑到救护车前看热闹的闲人，但一分钟后他们就散去了。男子走出大楼玄关，绕到旁边空地上。

可让他惊讶的是小纯竟然站了起来。

这恐怕是它作为"裕二"的第二条命吧。男子心乱如麻，无论如何得再杀一次。他从口袋里掏出塑料绳，套住它蔫头耷脑的头，用尽力气绞紧绳索……

不知在那块空地待了多久，恐怕是费了很长时间。就在他逗留之时，有人来了。

快逃！被抓现行可就完了。为了甩掉她，男子每看见一个拐角便朝里拐，却不想她异常执拗。最后他一时犯傻，钻进死路，但命运还是站到了他这边。

停车场里架了一把梯子。

上墙、抽梯、跳入校园。与此同时，那个女人也追到了停车场，好险。她好像还有个同伴，从他们的对话得知，那只狗叫"裕二"（没想到它的真名是这个）。趁两人还没返回空地，男子横穿学校，抢先一步到达空地，将尸体藏到附近垃圾箱的阴影里。

然后男子暂且先回家，之后驱车返回现场。再次站到垃圾箱前，他已想好了如何处理尸体——

他要运去"老巢"，细细分析。

在规划居住区深处，有座即将拆除的铁皮房，是他最近兜风时发现的。当晚他突然想到那里，便开车前往这片远离市区的山中。男子竟隐隐感觉快乐。

搬尸回巢，男子手里拿着几年前在老家附近刀具市场上一时冲动买下的柴刀，割下了尸体的头。

这样异常的夜晚，男子的疯狂到达了顶点。

从车上拿着柴刀回来时，看见趴在地上的尸体旁掉落了一本阅后被丢弃的周刊。杂志摊开着，这场景就像一只狗正入迷地翻看星座运势。男子一时错觉，以为对方再度复活，便嗫嚅着它的名字，不停挥动柴刀。

仅剩头部的红毛犬越来越像那女人的头颅。

男子咻咻吹着口哨，在房间里来回踢着狗头，就像在踢一个毛茸茸的足球。

那一晚，他的确是疯了。

第三天，当留衣委托他调查纯的行踪时，他真的惊住了。

本想当场拒绝，但情况不允许。如果拒绝得不好，还会被她察觉到缘由。

他冲出事务所，苦思冥想也没个主意。绝不能让外人知道他两天前的疯狂行为，不过他调查时消极怠工，放任尸体不管，也不见得是安全的做法。

不能逃避，只能自己上。男子下定决心。

扮演着平日里的"名侦探"。不，要比平常更强调他"名侦探"的身份。

男子钻进图书馆，在资料室里收集有利材料——那些被害者是红发的未解决的悬案。

红发被害案是有不少，但结合现况，大部分都不能用。除去动机太明显的事件，除去凶手即将归案的事件……结果一打的候选案件里，能用的不过两宗。就这两宗，还有很大缺陷，特别是女初中生案，发生在城南。虽然有些犹豫，但他觉得无法再筛选了。

象征性地询问过精品店老板后，男子回到事务所。本以为留衣会问他"下楼了解委托事项，怎么花了两个小时"，他甚至已经备好借口，说他又去追查主妇案和女初中生案了。不过"黑衣男"似乎起了作用，留衣并没有多问。

之所以敢于说出"黑衣男"，一是为了让留衣和龙藏明确知道侦探和凶手是两个人，二是他预测自己有机会以侦探的身份和那个追了他一路的疯女人见面。

虽没有全盘接受，但留衣和龙藏也大体认同他的"红发被害论"。龙藏还把"小纯"当作真人，深信凶手的暴行会逐步加深。

　　仅凭一起小狗失踪案和两起女性伤害案，线索着实太少。于是男子去找了额田警部补。假如 ZERO-ZERO 那伙人报了案，他可以顺道解决。如果发现了这三案以外的第四起红发被害案，那《名侦探对战连续红发袭击案》的标题就完美了。总之要将四起案件糅在一起，再把害死小纯的罪名推给一个虚构的罪犯。无论如何，必须小题大做。等话题炒大了，就不会有人相信"名侦探"会为了一只狗而捏造犯罪事实。

　　不过在警察那里，他听到了意外的展开。

　　为了那只狗，又多了两起报案。

　　来了！

　　这样的事件才配得上"名侦探"登场。包含"小纯"在内，现在有三起独立的案件了！最后他只要将这三个案子解决成一个案子，任谁都会相信他才是那个名侦探！

　　于是，"名侦探"开始构思一个假凶手。虽然并不一定需要凶手，但是如果能伪造出一个凶手来，就会更加完美。

　　同道堂裕子。

　　男子觉得她非常合适。

　　只因爱犬不见就哭天喊地的女人，她的脑子肯定有些问题。

　　男子从未体验过对宠物的爱。

　　他再次赶至"老巢"，割下尸首的耳朵。画好地图，塞进耳朵里，拿着它去了裕子家。

　　来到裕子家的玄关，他突然被身后三朗的呼声叫住。他只在墙后听过其声，所以并不知道眼前是何人，为了不让对方怀疑，他先说"裕子女士好像不在家"，然后主动掌握节奏，询问对方是否知道裕二案。三朗表示久闻他的大名，定会协助调查——于是两人去了附近的咖啡馆交谈，其间男子得知了喂师傅的存在。

在这之后，男子和三朗同去拜访喂师傅。中途他假意上厕所，轻而易举地将耳朵藏于二楼的储藏室内，还顺走了一顶老旧的平顶帽。

他准备把帽子丢在 ZERO-ZERO 排练房那栋大楼的附近。然后自己"捡"到帽子，从帽子上绣的名字推断出它属于喂师傅，再让额田警部补去其家中搜查，由此发现关键罪证——断耳。

比起嫁祸裕子，这个法子更可行。

之后他去了小学，在众人面前揭秘梯子诡计，装出一副完全没有怀疑喂师傅的模样。他很清楚：比起"名侦探的推理"，"敢于认错的名侦探"更有说服力。

那一晚，他拥有了最棒、最安宁的好觉。

第二天一早，他得知 ZERO-ZERO 成员之间出了命案。

虽然报上一字未提他杀"玛丽"的事，但造成这一切的导火索应该是自己……强烈的悔意和绝不能暴露的警醒在男子脑中沸腾。

死的是乐队队长中西智明，那一晚他在想什么、做什么，知道真相的男子立刻就了然了。

那就先解决"那次消失"吧。

男子定下目标，编了一个很棒的解答：BB 在窗边利用绳子远程关门——没什么矛盾之处，就是它了，反正 BB 已经是个犯人了。

男子一边同情着 BB 的境遇，一边又觉得自保才是最重要的。

随后裕子杀了喂师傅。

他完全没料到裕子会这样想。还有，她为何会发现断耳？

男子的确有点儿迷茫。

既然死人开不了口，那让喂师傅背上杀狗罪名如何？

除了让他顶罪也没别的办法了。如果不忍心让死者背罪，由断耳产生的嫌疑肯定会落到自己头上的。

没办法啊。

男子理出一条"喂师傅本想嫁祸他人"的逻辑，将包括气流关门等所有细节在内的真相向众人和盘托出，除了"凶手是自己"。

已经两个月了吗？

同道堂裕子杀害喂师傅的案子已经过去两个月了。在这期间，BB 定了有期徒刑，城南女初中生伤害案结案……各种冲击出现在男子面前，但对他来说如过眼云烟。再没有哪条新闻像公川顺子订婚、结婚时那样，能让他眼前一黑了。

"对不起，小仁。可是……结婚和恋爱不一样。"

分手那天早上，顺子那有些口齿不清的声音至今言犹在耳。

陈腐的台词，陈腐的分别，被甩的男人陈腐的眼泪！太蠢了，太他妈的蠢了！

但即使这样，男子还是割舍不下对她的执着。

男子把照片和信封按在脸上痛苦呻吟，哀叹着过去的一切。

和顺子相识，和顺子分手。憎恨红毛狗，以及杀狗酿成的一系列悲剧！

"老子，最差劲儿了……"

男子低吼着，又说回那个从幼儿园到步入社会，他一直使用的粗鲁而久违的自称。

不知过了多久。

桌上的电话突然响起，男子慌张地将照片从脸上移开。

留衣吗？

男子看向沙发前的桌上放着的摊开的漫画杂志。那是刚才放学后顺道过来的留衣带过来的。

"留衣？"

"啊？不是，那个……"电话里传来的是一个二十多岁女子的声音，"新寺仁先生，有件事情想上门和您商量。"

来委托了。

很多委托人喜欢在上门前先打个电话确认侦探在不在，这让他有点儿不知所措。现在已是晚上九点，早过了面谈时间。但电话里被逼到走投无路的感觉反倒勾起了他的兴趣。男子让她稍等，随后便离开书桌，迎接他的访客。

年轻女子为自己的冒昧向开门的他致歉。还没进门，她便谈起委托内容：她是某商社的办公室职员，现在独居，一个常去她家的朋友好像偷走了她的珠宝。但是她没有证据，这事情也没跟别人说过，所以她想，如果是新寺仁这样的名侦探，一定有办法解决……

本来挺期待这个委托的，没想到如此无趣，但男子并没有赶她走。

因为那时，有一样东西映入他的眼里。

一股来路不明，却又喷涌而出的冲动再次以一种可怕的力量试图驱动着他的行为。

现在独居，也没跟别人说过。

女子的话不断在男子发烫的脑海中重复。

"那……总之先请进吧。"

男子说着客套话，示意女子进屋。女子也停下说话，低头走进房间。

一瞬间，美丽的红色直发如波光，在她蓝色的罩衫上荡漾。男子的唇角微微抽搐。

中西智明超短篇合集

第 1 话 逃脱王

开门的瞬间我感觉到了。

有人趁我不在时闯进家中。

直觉告诉我是那个家伙。那家伙的味道，那家伙的气息。

理智叫我别犯蠢。那家伙不是身陷铁笼？

情感却在狂喜：那家伙怎会甘愿永做囚徒？任何门锁和栅栏对他来说都形同虚设。那家伙是逃生高手。

我小心翼翼地走进玄关，放下锡制提箱，摘下打湿的水手帽，拭去额上的汗珠。

再次推开关好的门，我看向户外。在细雨濡湿的土地上，一串步幅很大的足迹笔直地朝这边延伸，与我留下的那串脚印一同形成了漂亮的 V 字形。足迹有来无回。这里是条死胡同，除却此门，无路可走。也就是说——

他还在房里。

我向走廊深处走去，打开一扇又一扇的门。一楼房间未见异常，二楼房间亦无所获。只是楼上卧室的盥洗柜中丢了一把剃刀。

剃刀不见了，哪里都找不到。

又来了。不可能的逃脱。胡闹的逃脱王！

我返回玄关确认脚印。两道足迹和方才一样，呈 V 字形来到门前，没有离去。怎么回事？明明无处可躲。

我向外踏出一步。

同时知道了真相。

竟是这样！"入侵痕迹"和"足迹"是分开的。那家伙在雨前就闯进来了一次，偷拿了剃刀离开，许是出去寻我。不久后开始下雨，见我回家，那家伙跟在我背后……

啊，神呀！难怪直到开门瞬间我才发觉不对，因为我回来时，门外泥地上没有一个脚印！

粗壮的手指一把扼住我的脖子。

那家伙潜伏在门后的阴影下，就等我向外踏出一步。

我最后看到的是那家伙毛茸茸的巨大身躯和剃刀的寒光，以及莫格街的那对母女生前见过的杀戮者闪烁着愤怒与欢乐的双眼。

第2话 落逃

"好，就在那间小屋。"

"除非他会飞。"

追踪者们窃窃私语。

简直是笼中捉鸡。足迹笔直地通向小屋，结束在洞开的入口边。

与其说入口洞开，不如说门扉破落。像所有不被呵护的物品一样，这座本来坚固的小屋遍体伤痕、扭曲变形、摇摇欲坠。

两人踏足小破屋，等待他们的却是出乎意料的光景。

屋里连根鸡毛都没有。

"没有！"其中一人喊道，"咯啰在哪儿？"

他们搜遍了小屋的每个角落，甚至还到屋外四周寻找，都没有发现那个淘气鬼的踪迹。怎么可能？难道他真飞了？

"咯啰！你在哪儿？"

"那个臭家伙！"

站在悬崖俯瞰小屋，咯啰不爽地眯着眼。

虽不知道那两人在说什么，但他知道是在说他的坏话。

踢了一脚脚下的土。

公鸡咯啰离开悬崖。

"总之先去找他。那家伙不仅打了组长和大哥，还带着货（毒品）逃走了！"

就在他叫嚷之际——

"大哥……"

他倒吸一口凉气，重新看向地上的足迹。

他的脸色唰地变得惨白。

"喂！这不是咯啰的鞋印，是大哥的！"

"什么?！"另一个人也瞪大了眼。

"鞋印虽像，但我绝不会认错。大哥先来的这里，走到了入口边。"

……边?

他俩终于发现哪里不对劲儿了。

足迹结束于入口侧面而不是正面。

与入口错开的足迹、不知为何几欲散架的小屋、悬崖。没错，记得悬崖上正在拓宽林道……

"快跑！"一人爆发出尖叫，"快离开这儿！"

咯啰发动着大型推土机的发动机。虽然再没有小屋可以推下悬崖了，但他还留了一手——把推土机开下去。

我可不会落逃。

看我不压扁你们!

公鸡咯啰。人如诨名,易怒发冲冠。

第 3 话 汪（One）Week Ago

她有时分不清幻想与现实。

"突然出现了一只小狗，小狗！"

来信第一行就是这么一句。小狗到底怎么了？

"不知不觉就在屋里了。刚开始我还以为是你捣的鬼呢。"

啊？为什么是我？

"上次我不是和你说过我想要一只可爱的小狗吗？我还没跟别人说起过呢。"

哦，原来是这么个理。我确实有可能是"罪犯"。

"但我前几天刚收到你送来的书……啊，小狗是七天前出现的。"

我送书应该是在八天前。

不过"七天前"这个说法看着很有数字感。

"而且你也无法出入这间上锁的房间吧。"

上锁的房间。

"小狗出现在儿童房，房门上了锁，窗户上了锁，没有烟囱，也没有通风口。窗外还是一片洁白雪地，一个脚印也看不见。"

那个空荡荡的大庭院里没有脚印？真神秘啊。

"我看见围墙附近有一些像是动物足迹的东西——不过太远了，我想应该和它无关。还有一些像是用剑划出的痕迹，我想可能是小鸟落地时翅膀擦到了。"

哈哈。

"我不知道是谁、为了什么留下这只小狗，但小狗很可爱（哦，它叫丹尼）。我想知道这究竟是怎么回事！"

这封信一如既往地以感叹号结束。

我让送信人稍等，立即给她回信。

感谢来信。小狗谜团很有趣，不过作为谜团还是简单了点儿。

除了我，你没对别人说过想要小狗，对吗？也就是说，罪犯无须听说也能实现你的愿望。他还能不着痕迹地飞越雪地，或者，准确点说，他有飞行工具。

罪犯是乘坐飞行工具飞来的。在送小狗时，他让飞行器停在围墙附近，于是有了足迹。宽广庭院尽头的足迹如果来自小鸟或小狗，你可就看不见了。留下足迹的动物应比你想象中的更大，加上"剑痕"。难道不是驯鹿和雪橇的痕迹吗？

那么如何进入房间也很容易解答了，是从烟囱进去的。你说房间里没烟囱？这不是重点。他那个人就会钻烟囱，那这次便和往常一样，是从烟囱进屋的。只是因为房间里没有烟囱，所以看着有些神秘罢了！

今天是一月一日。"七天前"是圣诞节。你不会还怀疑他的存在吧？

因为你呀，真的分不清现实和幻想。你生活在一个幻想世界里，什么事都有可能发生。

那么再见了。近期我会去看你。我还想再写一本关于你的书。

新年快乐，爱丽丝。

第 4 话 鼠魔

｜序章 幸存者一名｜

呜呜……

……啊，多谢。

多谢你。

你是来救我的对吧。

不，不用担心。我只是睡了一会儿……现在几点了？几月几号？……啊，都过去两天了吗？你看到了，地下室里没有窗户。

因为事情来得太突然，我拼了命才逃到这里……

对，我是研究所的人。是的，负责生物实验，实验 TSEP 晶体装置对老鼠的影响……啊啊，那都是些细节。总之在那个实验中发生了意外。

对，很可怕。出现了怪物。他们是怪物。

是老鼠化成的怪物。

| 一 鼠魔 |

L 化学研究所的生物实验楼里，四名研究员无故失踪。

花园里的监控摄像头记录下其中一人破窗而逃的画面，但其他三人已从世上消失。

走廊的监控摄像头捕捉到四人进入饲养室准备搬运实验用的小白鼠。然后就再也没出来。室内除了破碎的窗户，再无任何事故痕迹，他们单纯地消失了。

唯一异常的是装老鼠的玻璃缸。在盖子脱落的玻璃缸旁边，留下了某种生物爬过的痕迹，不是老鼠的脚印，而是类似蚯蚓或蛇那样的爬行痕迹。

那个逃跑的人也不知去向。

这就是噩梦的开始。

| 二 鼠雨 |

不久，全城频现神秘的人类消失事件。

有男人回家拿伞时消失了。

有女人进了衣帽间后消失了。

有老人去了趟院子里的偏宅，就再也没回来（地上只留下去时的足迹）。

还有名女学生和她朋友进更衣室换衣服时消失了——只留下校服外套。

消失并未停止。

城市陷入恐慌。

| 三 鼠巢 |

整整两天，才有人想起地下室。

研究所深处有个战时用作防空洞的古老地下室。年轻的研究员甚至不知道它的存在。

苏格兰场的探员打开藏在增建部分阴影中锈迹斑斑的门。门没上锁，在地下室里发现了失踪多日的身影，就是那个打破饲养室窗户逃走的研究员。

是怪物，是老鼠化成的怪物。他重复着，声音颤抖得都分不清是在说"老鼠"（mouse）还是在说"嘴巴"（mouth）。

当探员告诉他这几天城里发生的连续消失事件时，他尖叫道："是它们！是老鼠！"

"老鼠？"

"对。实验造就了它们。起初是格拉迪斯，他一打开玻璃缸的盖子就被吃了。然后罗伯特试图从门口逃走，埃里克开了窗——哦，整个房间都是它们的巢穴！"

"你是说老鼠吃了三个人？"

"老鼠？不，不对。"他压抑着自己的颤抖说道，"是嘴巴呀！"

尾声 幸存者一名

异世界的怪物。只能这么认为。我知道这很难相信，但不知实验装置产生了什么异变，召唤出了它们。

只有嘴的怪物。

闭上嘴，它们就是一条线，一条一维的线。没了物理上的粗细，当然也没有目击证人。它们像蛇一样爬来爬去，紧贴在门缝窗口之类的地方。它们就这样埋伏着，静等猎物开门。门一打开，它就能张开门洞一般的大口；如果是窗户，它就会变成窗户大小的嘴。那天它附在玻璃缸盖子的背面，格拉迪斯一打开缸盖，就被它吸进嘴里——您刚才说有个女学生消失的现场有一件外套，那件衣服是不是那种套头衫？

是的，我知道。它们很可怕。但我想还是有对策的。它们扎堆出现在饲养室里，因为只有那里二十四小时保持着室温，由此可知它们怕冷。另外，它们没主动吃过一只小白鼠，也没主动攻击过人类。估计它们是如同蜘蛛或蚁狮之类，只捕食落入陷阱的生物。

对，拜托您了。我没事，请您尽快采取措施……

啊。

等等，不行，别开门！别从这边开门！

啊啊……！

天啊，又是这样。

不能开门啊。

所以我才无法离开这里。

第5话 √ ×

凶手是被害人的同事木村孝司。

杀人动机是被害人与他的妻子有染。凶手隔着围墙射击，并利用被害人安装在自家院里的监控，让人感觉子弹像是从隔壁空屋射出的。监控捕捉到的在空屋附近蠕动的人影是木村举着真人大小的气球从远处投下的影子。—— ×

凶手是空屋背后那户邻居，渡边宪太郎。

为排解失业的苦闷，他枪杀了生活富裕的被害人。凶手作案后横穿空屋逃走，由于事先在后窗上动过手脚，现场呈现出凶手消失的状况。具体来说，就是将窗户连同木窗框一起拆下，翻个面再装回去，让螺丝扣朝向户外，并在原来的上锁处装了个假窗扣，制造出没有钥匙开不了窗的假象。—— ×

凶手是被害人的哥哥治。

他因兄弟不睦而杀人。身为神枪手的治自知会招来怀疑，遂将凶器来复枪绑在院中树上，于家中用另一支来复枪射击第一支来复

枪的扳机，完成高难度炫技式行凶。由于子弹发射自无人庭院，大家误以为是从隔壁空屋里发射的。——×

"以上是三起旧案件各自的凶手和作案手法。"女搜查课员为报告作结，"都是想将罪名诬陷给'来复枪魔'的荒唐事件。还是那次枪支外泄风波酿成的恶果……"

二十五年前，因某走私团伙内讧而引发了一起大规模的枪支外泄事件，大量枪支弹药流落民间，至今仍有部分未能收回。这次被杀的原黑道成员千田正道，他参与了当年的枪支外泄事件，所以那些因走私来复枪而被打乱命运的人都被怀疑。

千田死在自家房间。子弹是从他家附近的一幢空屋里射出来的。空屋里不见凶手的身影，也没有逃跑的足迹。种种迹象酷似过去持续发生、模仿"来复枪魔"的杀人事件。在那帮利用"来复枪魔"传说搭便车的罪犯中，会不会有人用什么拿手的诡计杀了千田？搜查课员虽如是猜想，但他们都猜错了。

根据调查结果，使用类似诡计的可能性都是√，但杀人的可行性全为×。

"没有杀人的可行性？那三起旧案有没有可能本就不是凶杀？"

"很遗憾，那三起空屋狙击事件都是实打实的谋杀。"

"这样啊。手上的案子没解决，反倒给三个嫌疑人翻了案。看来这次的事件跟我们不对付啊……"

催眠搜查课准备室室长牛后沉吟着向后一靠，陷进椅子。

设立"催眠搜查课"是牛后等催眠搜查官的夙愿。有了十年来催眠搜查的实绩打底，又经过两次法律修订，这一梦想终于实现。上级正式承认催眠状态下的行动能够成为证据。

人若在催眠状态下不会杀人，则在现实生活中也不会杀人。

脑科学也证明了这个事实。

原本指望此案能一炮打响"催搜科"的名声，但因为三名嫌犯都有杀人经验，HT（催眠试验）也被搁置。当然，部门尚在准备阶段，搜查一课也没有正式提出协助邀约。

然而，准备阶段常伴随着混乱。

由于一些细微的差错，三名嫌犯被送去做 HT。

他们能否对"敌人"扣动来复枪的扳机呢？

——结果三人都是 ×。

第 6 话 亦美女，亦恶虎

　　跟对讲机交涉了将近十分钟，对方终于让步，允许布施良彦进入山庄。

　　电动大门向左右打开，露出一条宽阔坡道，直通庄园。庄园豪华得超乎想象，或许是某个旅馆？

　　爬坡时，布施发现地上有好几行足迹——好像有五人。他们该不会都和布施一样，车子在大雪中抛锚了吧。

　　来到门廊，掸掉鞋子上的雪。许是察觉到动静，门开了。

　　"您好，在下布施。"

　　"请进。"

　　穿黑色高领衫的男人让布施进屋，既不和蔼，也不殷勤。

　　男人一言不发地走在前面，领着布施进了一间休息室似的大厅。对方的态度可以理解，毕竟已经晚上十点多了。

　　"我手机没信号了，只希望能借用一下这里的电话……"

　　"真不好意思。"男人回过头，和坐在休息室各处的四个男人的目光同时望向布施。

　　"二楼有个女人死了。"

男人自称三浦，是这家山庄旅馆的住客。另外四人也是一样，今晚刚刚认识。

没一个员工。在他们到来之前，除老板之外的所有工作人员不知何故都已下山。可能是老板指示，也可能是其他情况。当几人想找老板要个解释，却发现老板——那个女人——在二楼自己的房间里断了气。

"人是在几个小时之前被杀的。"

手拿威士忌酒杯的老人坐在壁炉旁的摇椅上说。

"我们五个人到旅馆的时候她来问候过。那个年轻人应该是最后一个到的吧。"

窗边高脚凳上的"那个年轻人"说："我是六点左右到的。"

接着又添了句："我叫木村。"

"水谷先生，不一定是被杀的吧？"

长沙发上的两人中身材纤瘦的那位询问老者。他旁边的大块头男人已经酩酊大醉。五个人似乎都喝了不少酒。

"唐泽君，背后中四五刀难道还能是自杀？"水谷老人滑稽地摇晃着摇椅。

"可能只是看起来像刀伤而已。具体情况还是要等警察来了才能定。"

"都等三个小时了，他们还没有来的迹象，警察真的会来吗？"

"主要是这雪下的……要不再打一次？"三浦调解似的说着，向布施招招手，"布施先生请这边走，电话在这边。"

两人一起走向配了电话的办公室。

"那个人真的死了吗？"

"是啊，死了。"

"但大家都很冷静啊。"

"讨论了很久，我们都累了，还喝了酒。"

"杀人犯可能就在附近，你们还敢喝着酒讨论？"

"又或者在五人当中。不过如果他要是想杀我们，早就动手了。"

"也许他想慢慢来。"

"那目前就不用担心他会把我们都杀了。"

了不起，五个人都沉得住气。

"开始时确实慌过一阵。听到尖叫就跑过去，发现了尸体。然后大家一起搜遍了整个旅馆……发现除了我们五个就没人了。"

"外面好像也只有大家的足迹。"

"对，傍晚我们来时，雪已经停了。只要有人逃走，立马就会知道的。"

所以五个人一直在喝酒。

"简直就像推理电影，乱七八糟的猜想满天飞。渡边先生很快就醉倒了。"

渡边应该是那个大块头。

虽然也很在意推理大战的结果，但现在的头等大事是和外界联络。三浦修长的手指抓住办公窗口处供走廊、室内同时使用的座机电话，他将听筒贴在耳上，皱起眉头。然后把它递给了布施。

听筒里没一丝声音。

两人回到休息室，告诉大家电话线被切断了，男人们的醉意顿时消散。果然，他们意识到事态在一步步变坏。

"看来之前打的报警电话也靠不住啊。"水谷说，"电话上的外线指示灯很容易做手脚。说不定以为打出去了的，其实是内线通话，没准还是凶手假扮的接案警察。"

"也不一定是凶手的声音。如果按照说明书设置好了，磁带录音也能应答。"

"也许是我们当中的某个人干的，因为打电话是在我们到休息室集合之前。"

很合理，一旦聚集在一起就不能自由活动了。

面对如今不稳定的局面，连大醉的渡边也摇摇晃晃地起身说："必须下山……雪停了吗？"

"停是停了，但大家有车吗？"

渡边和其他四人都摇了摇头。就知道，敢喝酒就说明他们不可能是司机。而且前坡道上也没有轮胎痕迹，五个人在这种事情上都出奇地一致，不是乘巴士，就是打车来的。

"距离这里最近的村子有十公里，还可能会有雪崩堵路。这么冷的天，醉酒走路很危险。"

"危险也要走……找些防寒衣物吧……"

渡边不听劝，迈着踉跄的步伐走出了休息室。

之后就再也没回来。

三浦去查看情况，发现他已经死在走廊里。

好像又起风了。

走廊上加装了防风板的窗户齐齐颤抖。

"是毒杀啊。"

"不一定。"

水谷和唐泽的争论，又掀起了一丝紧张。水谷手上还端着那杯威士忌。

"还有一个人。"发现尸体的三浦仍然激动地说，"除我们之外，还有一个人。她的……她的丈夫。"

"什么意思？"

"我和她交往过。"三浦说得很混乱，"刚开始我真的只打算玩玩，从没想过搞婚外情，但后来被她缠住了。她竟饶有兴致地开起我的玩笑：'万一撞上了我家那位，该怎么办？'今晚她叫我过来，一定是想让我见她老公！"

三浦越说越失去理智。"她"自然指的是死在二楼的老板娘，三浦和她的不伦关系已经好几年了。

这次的事件是她丈夫干的。

"只是玩笑罢了。她应该是单身。"水谷反驳道。

"她跟我也是说单身，不知道可不可信。"唐泽补充道。

明白了。

大家都一样。每个人都和死去的女人有染，恐怕都是被她玩弄到想分手的苦主。难怪他们气味相似，还有一种奇怪的团结。

"我们再找找看吧，说不定是哪里有遗漏。"

年轻的木村提议道。经过简短的交谈，大家决定再搜一次。留下渡边的尸体四仰八叉地躺在走廊上，四人和布施又重新检查了整座旅馆，寻找杀人魔——老板娘的丈夫。

但一切都是徒劳。根本不可能找到，这世上就不存在这号人。

此时在这山庄旅馆里的，除了两具尸体，只有他们五个人。

"原来如此，确实死了。"

布施低头看向躺在地板上的女尸说道。在亲眼确认之前，他甚至无法完全相信……

她是个美人。胸口大开的黑色低胸礼服衬托出她肉体的性感与多情。

"你真是第一次见？"唐泽的声音带着怀疑。

"什么意思？"布施回头看着身后的唐泽。

"我的意思是，你难道不是她的丈夫吗，布施先生？"

"胡说八道。她的脸我都是第一次见。"

"很可能是你杀了妻子，再若无其事地冒充来访者，对不对？"

"如果我是凶手，完全可以混在你们之中，没必要单独登场增加嫌疑。"

讽刺起作用了。唐泽一时语塞，别过脸去，然后视线突然定住——

视线前方，是镶在墙壁上的腰板。

腰板之间露出了一截什么东西。

好像是布头。窗帘，桌布？反正墙上是不会长出这样的东西的。

唐泽扯了扯布头。右边并排的五块腰板微微浮起。他试着按了按没有浮起的第六块腰板，只听"咔嗒"一声，五块腰板连在一起向外弹开，是一道暗门。

暗门是弯腰能进的大小。一定是秘密通道，或者是某个秘密房间的入口。

唐泽蹲下身，一下把门全部拉开。

同时向后倒去。

他仰面朝天，胸口插着一支羽箭。

三浦哇哇大叫，像是要阻隔入侵者似的关上了暗门。他大概认为里面有人。

但水谷立即又打开了门，他觉得那支羽箭是自动发射装置。水谷的判断没错，众人发现了一个简单的杀人装置，把弓箭绑在沉重的桌腿上，用布绳与暗门相连。

门后是个无人的小房间，保管着保险箱、珠宝首饰、美术品等财物。

他们仿佛听见了凶手的嘲笑。

"总之先回去吧，先回去比较好。"

三浦战战兢兢地说道。

为找回安全，四人离开女人的房间，下楼回到休息室。

但那里也不安全了。

四人刚走进休息室，灯就灭了。

整个旅馆好像都断电了。不透光的休息室里一片漆黑。

突然，传来一声巨响。

布施打开随身携带的手电筒，只见落下的枝形吊灯死死压在三浦和水谷身上。

三浦呻吟着从凶器下爬了出来，他的右脚好像受伤了。而水谷已经不动了。

"出去……！"

听见三浦的呻吟，木村向门口跑去。布施扶起断了右腿的三浦，让他支在肩头。

不一会儿，来到玄关的布施和三浦呆住了。本应该一片漆黑的走廊，却微微发亮。

玄关门厅一片火海。

一团黑块正在门前燃烧着。黑块下方伸出来的两条腿上，穿着和木村一模一样的牛仔裤。

"点火装置……大概在门上。"

布施喃喃自语。

"放开我！"

三浦推开布施，一瘸一拐地走进火海。

"你要干什么！"

"我不会被杀死的！"三浦身裹火焰，抓住燃烧的门，"我不会被你杀死的！"

"我不是凶手。回来！"

三浦没有回答。外衣引火，他很快烧成了一根火柱。火柱推门，力竭倒地。

一阵风吹进堵着尸体的门口，掠过布施脸颊，又钻入大厅一侧一扇打开的窗户。无暇细品个中不对，布施追风似的翻出窗框，跌进窗下厚厚的雪垫。布施尚不及调整身体行走，火焰已到窗边。

他拼命拨开积雪，离开建筑。

他连跑带滚地冲下坡道，紧紧抓住大门。

山庄旅馆包裹在火焰的哄笑声中。

是谁？

布施在心中呐喊。

凶手是谁啊？

毫无疑问，定是这五人中的一个。毕竟进入旅馆的足迹只有五道。傍晚时分雪已经停了，三浦也说过……

——咦？

布施发现了矛盾。

奇怪。那个大虎一般的渡边不是问"雪停了吗"？

不是"还在下"，而是"停了吗"。

对渡边来说，他进旅馆后又下雪了？可另外四人好像没有注意到……照这样说来，新下的雪应该把他们五个来旅馆的足迹掩盖了呀。

一个想法浮上心头。

太可怕了。

布施总算明白了，藏身在秘密房间里的是谁，老板娘盘算着让他们撞见的"亲爱的"是谁。

"对不起，我迟到了。"渡边郁█说。

"你救了布施先生啊。"唐泽智█说。

"因为他真是个老好人。"水谷█说。

"喂，我的衣服脏不脏？"木村静█说。

"别废话了，走吧。"三浦百█说，"啊，不要在雪地上留下足迹。踩着这些烧焦的木材走。旅馆被烧毁，这些木头也会成为废墟。"

一声冷笑响起，像在与熊熊燃烧的山庄旅馆和惨死的六人道别。

第7话 卯时破界者也

"……急急如律令。"

一声念罢,阴阳师高举宝剑过顶,在虚空中刻下印记。

耀眼白光笼罩四野。

同主上禹步之身影渐融于白光。

待光暴平息,万物尽灭。人、屋、栅中营地,一切皆无——

不,并非消失。

而是大反闭已成。

寿永二年。

不待将军源义仲进京,平家出逃都城。平家一门奉幼帝,即后之安德天皇为主,扎寨福原。福原背靠鹎越绝壁,西当天险一之谷,东接密林生田森,易守难攻。

翌年二月,源氏杀到。土肥实平进军一之谷,源范赖举兵生田森,源义经设伏鹎越,三面合围。源平即将决战一之谷。

然而异象骤生。福原消失了。

义经军最先警觉。夜探惊呼"福……福原没了!"

土肥兵亦骇"生田森近在眼前！"

范赖军最后方悟。范赖一众跟踪平家人马足迹追进生田森，一时哑然兀立。蹄印戛然而止，眼前已是一之谷。大半生田森，连同本在前方的福原，皆与十万余骑平家军一同消失。

"此何事哉？"范赖依规，召阴阳师秦皆道问曰。

"定是方术之法。"皆道左手提卜具答，"平家有阴阳大能贺茂宣宪追随。"

"阴阳道门可有此术？"

"恕小人学浅不识。然贺茂宣宪素来精通古道秘法，或可施展奇术。总之，结界形似圆月……"

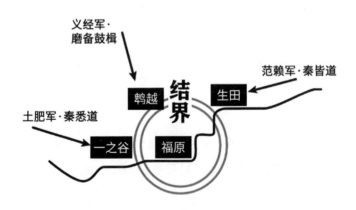

阴阳师旋即复言，透视探得圆形结界内外两层。一重结界还则罢了，双重结界远非己方可破。

与此同时，土肥实平亦从阴阳师秦悉道处得知双重结界不可破坏。

"结界可映出施术者的惯用手。"悉道举右手，"贺茂宣宪生来左撇，结界理应左旋。而今结界外圈左旋，内圈右旋，已无隙矣。且若两圈法力皆强，寻常手段破界无望。"

"如此说来，竟无计可施？"

"不错。若有破阵者，非彼莫属……"

悉道回身，望向义经军伏兵之鹎越。

同一刻，范赖阵中，皆道亦仰望义经军。

倘若那位阴阳师出手——

只是两人皆不知义经军中，再无那位阴阳师之身影。

——有重。

——兄长，急煞吾也。战况如何？重忠如何？

——切莫惊慌，尚无消息。

——怪哉，尚无消息是为何意？

——前寅时，贺茂宣宪施法大反闭，将福原一带尽数消隐。

——大反闭！大反闭乃古代方术，我亦闻其为阴阳道究极之术……

——不错。反闭有三，笏板为引作小反闭，太刀为引作中反闭，草薙宝剑为引作大反闭。小者形状不定，中者界若矩形，大者结界浑圆，相扑圆场即承大反闭之遗风。然宝剑难用，后人改使执物弓，几代过后，竟至失传。反闭结界伸缩自如，但凡方士法力能及，尽可外扩，直至八方无穷。宣宪法力惊人，结界西至一之谷，东抵生田森，圆满无缺。吾本讶异，宣宪法力之高，可谓贺茂保宪以来之异人，怎会淡泊明志，消磨光阴于修历之事？而今他大法得逞，不知他是否会化福原为魔都由其主宰……且慢，大反闭乃献身术，施者精魂恐为宝剑吸尽，顷刻毙命。如此说来，他竟勇于赴死？厌倦庸碌供奉朝廷耶？宣宪啊宣宪，临死方寻得本心，哈哈！

——可有破解法门？

——破解？永不破。大反闭乃究极奥义。

——无论何种法术皆不可破？

——皆不可破。有神剑坐镇，凡对主上不利者皆无法入界。莫说进入，窥视亦无可能。一入生田森，即至一之谷。

——结界之内，或有源氏细作？

——若有此人，神器早入院手。

——如此说来，源氏方阴阳师……

——似已身死。

——什么？！

——义经军阴阳师乃磨备鼓楫。鼓楫虽逊贺茂宣宪一筹，然其方术当数西境诸国第一。彼时其释放闪电光球，欲灭结界。然界线未断，待鼓楫收力回看，竟七窍流血，愤死当场。

——磨备鼓楫……大反闭竟恐怖如斯？

——究极之术啊。

——那源氏方面……

——且慢。

——怎么了？

——士兵动也，士兵动也。

——兵？何方之兵？

——所有士兵。啊，何以至此？破矣，结界破矣！土肥、范赖
已攻入。义经军亦动，一骑跃下悬崖。平氏鼠辈算策已乱，竟奔逃
入海！

——重忠如何了？

——视不真切。草草观之，未被平家追杀。此战，源氏胜！

——兄长方言大反闭不可破！

——应是如此。岂料那厮居然破了结界！

——那厮？不是二人吗？

——何人？

——源氏方阴阳师有三。如今磨备鼓楫阵亡，若非秦家兄弟合
力，又怎能破界？

——孤陋寡闻。举世皆知秦氏兄弟不和，平日照面仅限寒暄。
破界者只一人。

——源氏军中有第四位阴阳师？

——不可能。唯安倍晴信守都城，然阴阳实力远不及鼓楫
二秦。

——鼓楫诈死？！

——鼓楫缘何诈死？

——难道是贺茂……

——戏言。倘若贺茂宣宪自解，又何谓破界？

——那破界者为？那厮是？

——仍未明了？鬼神，形同鬼神之人。

（问题篇完）

孰能破界？

思君必已明了。

不错，唯此人显违天然。

——恕弟愚钝……所谓鬼神，莫非重忠？

——重忠虽勇武，但不至于此。老夫所言之鬼神，正是那九郎义经！

——九郎少爷！破界者！

——土肥、范赖无策，义经军反胜，答案岂非明了？马跳绝壁，无法至极！义经自知折损百骑实非三军统帅之为，故身先士卒，长驱直入，竟成破界之功。

——难怪如此粗暴……恕我直言，少爷尚不通阴阳，又如何突入结界？

——无须法术。

——然则结界……

——无须打破。

——不破何以攻陷福原？

——本就可攻。盖因磨备鼓楫舍身施术！

——鼓楫？鼓楫施术断破界线？……

——界线未断，却被压弯。

——压弯？

——大反闭之界线伸缩自如。鼓楫法力不及宣宪，光球未破界线，只能威压结界，使之内凹，于大圆内成一小圆。于是结界看似两层，却如玉珏缺口，沟通内外。

——难怪一重结界变作二重，福原痛失屏障……造化弄人。

——老夫另有证据。透视之下，结界似有两重，外圈左旋，内圈右旋。彼时老夫还疑宣宪左撤，缘何法力深厚如斯？

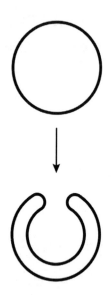

——且慢，愚弟尚有疑问。

——但说无妨。

——义经军落入缺口或可理解。然土肥、范赖随后举兵，大反闭为何无效？

——许是那义经斩断宝剑。

——啊，宝……！

——不作他想。即使鬼神，独当三千骑兵未免托大。毁神器，破结界，以卯时为号，引东西夹击，方为上上策。九郎义经勇猛无匹，暴恣如此不足为奇。

——可……可那厮竟将神器！

——踏足沙场，九郎义经亦为神明。飞降鹎越者不为鬼神，又是何人？无须挂怀京都知晓。今日遑论用以剑布阵，单论大反闭又有几人识得？彼等只道结界失效，两军大举攻入，又或以为义经军中有数骑人马绕道一之谷，厮杀一阵——盖因破界之前，无人窥得福原内部，故而无人知直下鹎越是为最速。且看战事结束，纵使另二件神器归还，宝剑也绝不会现身。从此真相隐没，唯有传说肆意流传。

"兄长！"

——嘘，噤声！

——啊，情不自禁……

——痴人！武藏、摄津相隔虽远，你我阴阳师却可神交，但切勿为外人所察，纵使小吏！若说贺茂、秦家兄弟为显阴阳，则吾等乃隐阴阳。更名姓，化姿容，渡时间长河，见家国兴衰！贤弟当真忘记我等使命？

——兄长教训得是。想我生于平家，竟不觉沾染下等心性……

——嗯。念及于此，吾才命你暂回武藏国，又以方术控住大臣和知盛卿，让你得以喘息。望你小心行事，在成为吾儿畠山重忠那般猛将之前切莫遇上源氏家武直——嗟乎，如今是何世道，逼得人人去做那野兽。

平家一门兵败一之谷，后经屋岛之战，溃灭于坛浦浪间。待海上激战过后，神镜、神玺平安归还，唯独宝剑不知所终。

※连载于月刊《阿纳托》二〇一六年八月号至二〇一七年二月号

关于超短篇与杀人案的对话（1）

福 × 县足之湖——

倘若旅游旺季，湖畔必定人来人往，热闹非凡。而在凉飕飕的二月，哪怕正值假日，湖边也意外地闲静。除了偶尔驶过的汽车，再无喧闹的人声来打扰芦风瑟瑟。

约定地点是一家湖上餐厅。餐厅的停车场里，只孤零零地停着几辆汽车。吩咐完司机一小时后来接，龙藏便登上那座伸入湖面的乳酪色建筑的楼梯。二楼是餐厅，一楼一半是停车场，一半是湖水。

走进"足迹·湖上餐厅"的自动门，骨瘦如柴的男人孤兀地坐在几对情侣和几个家庭中间。龙藏道了声"久等了"，在他对面坐下。

"我看过《十一张歌牌》了。"

他简单明了地说着，从包里拿出七本《阿纳托》放在桌上。杂志轻薄小巧，七本杂志单手就能拿出来。

月刊《阿纳托》是最近股价飞涨的小型出版社 SPUR 书房的招牌杂志。这本杂志主要发表推理小说，新作旧作对半刊登是其特色。

"我还查了中西智明——"

龙藏拿出一沓复印纸放在杂志上。抛开分析能力不谈，他一直喜爱搜集资料。

在等待午间套餐上菜的空当，新寺快速浏览了一遍复印件，讶异地呢喃道："原来他有这么多作品啊……"

"嗯，不过几乎都发表在同人志上。"

中西在大型出版社正式出版的作品只有两部，也都是三十年前的事了。社会上普遍认为他没有出名纯粹是未能顺应潮流，但也有人说他的性格有问题，或是因政治立场被业界冷落，至于实情并不清楚，也查不清楚。复刊热潮兴起，中西的两部旧作得以重新问世，但他本人始终未重返文坛，一直在一家小旅行社做办事员，病逝于二〇一六年的退休前夕。

完全不是传说中的业余吉他手中西智明。

中西的作品大多成于网络和电子书尚未普及的时代，故而难见真容。中西去世后，月刊《阿纳托》开始连载《十一张歌牌——中西超短篇合集》。对他的粉丝来说，这无疑是份惊喜的礼物。杂志每个月都会刊登作者生前寄存的一则超短篇，截至本月的《卯时破界者也》，共刊登七篇。既是《十一张歌牌》（连载标题好像是出版社起的），那么总共该有十一篇吧。不过中西本来是写长篇小说的，写个短篇都要超过上百页稿纸①。

---

① 日本原稿用纸有统一的规格，一面共 225 个方格（15×15）。通过稿纸页数可预估小说篇幅。

"也就是说，十来页的超短篇相当少见。"

说着，新寺仁把那沓复印纸放回原处。

雷津龙藏点点头。

雷津龙藏，服装食品及日用品进出口公司"雷津商业"的年轻董事长。虽然龙藏自觉知天命的五十岁近在眼前，早算不得年轻，但周围的老股东们都这么叫他。没办法，身为创业家的长子，从小被人当作少爷，如今被叫"年轻"也是股东的惰性吧。

龙藏上任董事长已有十年。其实董事长只是个名头，整天忙于斡旋员工与董事之间的矛盾才是他的常态。与独当一面的父亲截然不同，他行事细腻。不知是否因此，龙藏在去年某经济杂志评选的"深受员工喜爱的社长"排行榜上高居全国第六名。但身为企业老板，自己名下只有一家注册资金仅七亿日元的公司，而登上财经杂志的原因竟是受人喜爱，这又有什么值得高兴的呢？

今天约见新寺仁，对他来说是一次难得的喘息。

龙藏最近并不清闲。与新合作伙伴谈判、撬动业绩低迷的部门……公司里或长期、或短期的问题堆积如山。企业决算就在眼前，工会春斗①也近在咫尺，但龙藏偏偏认为越忙越需要喘息。

不过不能让头脑休息。

类似于"热茶解暑"，龙藏认为用工作之外的难题换换脑子很

---

① 从 1955 年起，日本工会每年春季组织的为提高工人工资而进行的斗争。如今春斗已改为谈判形式进行，是日本劳工运动的固定形式之一。

重要。

每次见面，新寺仁都会出些推理小说似的谜团，在龙藏看来正是一种绝好的调适。

新寺仁。

在号称"从审计组到婚外情"的PALM综合调查公司里出任侦查部特别参事，主要负责刑案处理。在PALM公司，特别参事意味着"游击队"，除了处理日常客户委托外，还得能挖掘未公开的秘密事件、能与司法机关交换情报、能以特别律师的身份出庭辩护，得是个多面手。而新寺完美符合上述要求，加上他出过犯罪研究专著，颇有些名气，可以说是个当代名探。

在龙藏眼中，新寺是他的大学师兄。早在父亲掌权时，他就求父亲将名下大厦的一个房间租给新寺前辈开私人侦探社。龙藏还怀念着新寺在那间小小的事务所里，成天抱怨没什么像样的委托。

两人的另一大关联是新寺的妹妹留衣。与留衣的相遇可以说是龙藏一生中最大的幸事。等回过神，女孩身为雷津留衣的岁月早已超过身为新寺留衣的岁月。

龙藏和新寺已不像以前那般频繁见面，但他们有时还会像这样对桌讨论一些近期趣案，其中大多是算不得事件的日常主题。当然，所谓日常，也是那些成了推理谜题的日常。

但这次的问题有些不对劲儿。

新寺寄给龙藏七本《阿纳托》，并让他在下次见面之前读完《十一张歌牌》。

天气很好。

风力稍大，湖面微澜，但空气清澈，绿意盎然。蔚蓝天空中没有一朵云彩，仿佛被风吹走了一般。

岸边满目自然风光，尤其在山脚下，绿树浓得让人想到深山。但只要细看，会发现一条细小的游步道，不打扰风景般地绕过散落在湖畔的歌碑、句碑、文学碑，通向一家深受文人墨客青睐的古老旅馆。包括旅馆在内的小巧民房群是足之湖畔唯一的集落，那里既没有三层以上的建筑，也不见红绿灯，估计现在还住着人。

湖对岸是大片平坦的农田，国道横穿其间，沿路零星立着几座公共设施，还有和这家餐厅一样做游客生意的店铺。虽然尽力做出精致，但每家店铺都洋溢着本地居民手工搭建的淳朴。

山脚和平地的夹缝间是著名的露营地。原色穿搭、气质放荡的年轻人在那里嬉戏。远远地就能看见散落的垃圾，甚至已浸染湖面。无论去到世界何处，总会遇上这类不文明的人。就没有一个戴曲棍球面具的杀手一斧头劈开他们的脑袋吗？可惜没有。

餐毕。龙藏啜饮咖啡，呆望着《阿纳托》橙色的杂志名。

ANA-TO、A-NATO、A-NA-TO、A-NA-TO-、ANA-TO-、A-NATO、ANATO。

因为杂志名是罗马字，所以也不知道要不要加长音，在哪里加长音……

"读完有何感想？"

新寺总算解决完午餐，认真折好擦过嘴的纸巾，放在餐盘一角。

"好多叙述性诡计^①啊！"龙藏说着将咖啡杯放在印有店名的廉价碟子上，"我个人更喜欢名侦探的完美推理！"

"叙述性诡计和名侦探推理本质相同，重在如何利用材料制造意外，而且作者有绝对权力。无论是细致的描写，还是执拗的分析，都是为了让最终解释权正当化的喋喋不休。"

"真不留情面。的确，每一篇的结局由创意决定……或许可以给这位作者下个结论：一个专注于将好点子扩充为故事的特例，还是个典型的推理狂。"

毋庸置疑。

从第 1 话《逃脱王》开始就有了浓厚的狂热色彩。

读完这则超短篇后，龙藏又重读了爱伦·坡的《莫格街凶杀案》，方才意识到莫格街的凶犯竟是个"逃脱高手"。莱氏母女的遭遇并非第一起密室事件。凶手先是在水手家那个重重锁闭的小房间里上演了一场神秘的逃脱，又在莫格街重演了这出逃脱剧。故事结局意味深长，凶手没被杀死，而是收容在巴黎动物园。如果他又从动物园里脱逃……后面发生《逃脱王》的故事也不奇怪吧。作者一定钟爱"躲门后诡计"，著名导演兼编剧比利·怀尔德在《双重赔偿》里也玩过此类把戏。

第 2 话《落逃》是反向利用《逃脱王》凶手形象的诡计。第 3 话《汪（One）Week Ago》又在罪犯形象上做文章，导致通过一种

---

① 作者通过文章结构、文字技巧等叙述手段刻意诱导读者向假象靠拢、制造意外感的一种叙事方法。

奇妙的逻辑破解密室。这七篇作品，无一不是病入膏肓的推理狂才能写出来的东西。

"而且越往后越收不住。"

"所以有了本月的《卯时破界者也》嘛。"

"大反闭到底是什么？我查了半天也不太清楚。"

"没人知道——'反闭'一词源于中国古代破除四面受困的奇门术数'玉女反闭局'。日本的阴阳道拿它作为驱邪的仪式。毕竟在处理被邪物包围一事上，两者意义相通。而在大、中、小三种反闭中，只有若杉家文书中公开记载了小反闭包括作法步骤在内的诸多细节，至于大、中反闭则全无文本流传。利用神器之力形成巨大屏障，这个想法很有趣，同时也解释了为何另外两种反闭只是在形式上比小反闭更大，因为更有戏剧效果嘛。再说反闭对相扑场地的影响，有观点认为早在方屋以前就有圆形土俵场[①]了。而关于相扑的起源与反闭的关系，更是众说纷纭。"

听也听不大明白。

疯狂热爱诡计固然不错，但增添前置知识就让人头大了。最近出现了不少权威主义的推理小说，它们用各种炫学打扮自己，就差没喊出"没披袈裟，一休也不得念经"。但华丽地颠覆权威，不正是推理小说的立命之本吗？

无须多余粉饰，是骡子是马拉出来遛遛。龙藏不太喜欢用阴阳道和平家物语给自己贴金的《卯时破界者也》。

---

① 相扑运动的圆形赛场。

另外，"少爷是凶手"这一点也让他不爽。

"我认为重点在于渐渐失控。"新寺说着，再次拿起那沓中西智明的纸质资料，"中西刚开始写这些超短篇时，无论是内容还是篇幅都很克制。但不久后，长篇作家的老毛病就犯了，故事越写越长。那么问题来了：为什么作者一开始会克制呢？这是第一个问题。"

"关于什么的问题？"

"关于他创作这些超短篇的动机。"

关于超短篇与杀人案的对话（2）

"前辈是想说它们不只是小说？"

从收到杂志的那一刻，龙藏就预感这些超短篇里一定暗藏玄机。但不管重读多少遍，他都找不到有意义的答案。

"是类似藏头诗一样的暗号，还是七个超短篇有一条暗线串联？"

"既没暗号，也没关联，不过应该有一些共同点吧。"

"是什么？"

"是动物。"

新寺把那沓复印纸分作两半，竖在头上充当兽耳。

"猴、鸡、狗、鼠、牛、虎、兔。每一篇都绑定一种动物。这是第二条线索。"

"啊……是这样吗？"龙藏慢了半拍才叫道，"我懂了。还对应了地支生肖，十二地支对吧？不过我也想过地支有什么深意，可没看出有什么特别的意义。另外这个专题叫《十一张歌牌》，也少一篇。"

"第三条线索是第3话《汪（One）Week Ago》。"新寺继续说道，没有理会他的话，"标题也是提示，还有令人惊喜的一句'今天是一月一日。"七天前"是圣诞节。'无须解释，一年之中只有这一天会收到惊喜——一月一日。"

"啊，贺年卡。"

龙藏总算回过味来。

不过说实话，在察觉到生肖地支时，龙藏也往新年上想了想。但他还是被"作者生前将原稿交给出版社"的情报所束缚，没做深究。

"超短篇全都写在寄给 SPUR 书房的贺年卡上？"

懂了，因为要写进贺年卡，所以篇幅才需精简。

之后篇幅增加，怕是改用邮件拜年了，或是一次寄出好几张明信片。

"就算是巧合，那也太过牵强。可想而知，作者的贺年卡寄给了 SPUR 书房，或寄给了与 SPUR 书房有长期关系的人。如今此事被隐瞒，可知出版方不老实——至少他们此前一直压着没公开这些作品。第 1 话《脱逃王》存世已超过十二年，其余作品也存在了好几年。作家年年寄新作给出版方，但出版方甚至从未用它们来填补杂志版面。"

"前辈是说出版方置之不理？"

"对呀，都放十几年了，还能有什么解释？现在作家一死他们就登出来，可见出版方讨厌的不是作品，而是人……"

"不过贺年卡上的东西只是写着玩玩，不被重视也不奇怪吧？"

"若寄给友人或作家朋友，倒有可能只是戏作，但他是寄给出版社的啊。所以无论我怎么想，都还是觉得杂志连载时隐瞒贺年卡一事很奇怪。有的作品都明晃晃地挑明了一月一日这个'题眼'了，出版社还自作主张地取名为《十一张歌牌》，明显对作家不真诚。"

"原来如此……那出版社为什么要定位十一呢？申、酉、戌、子，还少了一个亥？"

"可能是遗失了一篇，毕竟过去了十二年。或者是文中露骨地提到贺年卡和生肖的内容，所以被毙了。"

"《十二地支杀人事件》。"

"很有可能。因为猪是十二地支的结束。"

生前压着不发，死后全盘公开。出版方太让人讨厌了。

"说起来，作者是有什么意图吗……开篇选择猴年。"龙藏把手放在那沓杂志上，颇有微词，"真够没头没脑的。"

是的，之所以没能马上明白，是因为第一篇小说写的是猴。要是从鼠开始，他应该能当场发现是贺年卡了吧。

"我想从世界上第一篇侦探小说《莫格街凶杀案》开始，才显出他推理狂的品位。再说从申、酉开始，还与他的姓氏挂钩。中西各添一笔，不正是'申'和'酉'吗？"

不是没头没脑，而是执着到底。

龙藏不禁佩服，同时感觉沉重。

没能翻红就去世的狂热作家。

借贺年卡发表新作。

而且后几作的篇幅完全脱离了超短篇。《鼠魔》有着长篇恐怖小说的创意，《√×》的设定能发展成系列作品，《亦美女，亦恶虎》和《卯时破界者也》更接近电影剧本。作者明明还有很强的创作欲，还在尝试突破不同的故事类型。虽说招人厌烦必有缘由，但作家做到这一步也换不来出版社的垂青吗？

可如今作者已死，多说无用。

……不对。

不对不对，比起这些事，这次的正题是什么？

今天来这儿的目的是什么来着？

"那么，最后到底怎么样了？"龙藏问向新寺。

"什么怎么样了？"

"不是。"龙藏目瞪口呆地说，"大老远地跑来湖边，别告诉我你忘了最主要的目的——解开三十三年前发生在这里的面具杀人魔事件。"

一九八四年。福×县足之湖畔的露营地发生了疯狂的大规模屠杀事件。当天在这里露营的青年和当地居民等九人遭遇斧袭，无一生还。由于是深夜行凶，目击者极少，但碰巧有位在凶案现场附近休息的长途卡车司机目击到一辆白色轿车从岔路冲上国道，疾速逃逸。开车的人头戴曲棍球面具，于是"面具杀人魔"的称号不胫而走。除此证词外，案件线索几乎为零。杀人魔的作案手法着实干净利落，完美到缺乏真实感。

凶手不明，动机未知。警方排查了很多人，从杀人前科犯、暴力倾向的精神病患、黑社会、盗窃团、思想犯，甚至是惊悚电影迷。媒体和非虚构作家都在寻找"意外的真凶"，被害人的同事、邻居和兄弟接连被怀疑，但所有的猜想都是在浪费时间，凶手早已消失在黑暗中。

被害者中包括龙藏父亲的熟人。父亲的社交面很广，两人关系说不上很近，但故交无辜惨死，还是让他激愤不已。龙藏忘不了诉讼时效到期那天，当时已卧床不起的父亲的苦涩的表情。二〇〇九年十月，恰在《刑法修正案》废除杀人公诉二十五年时效的半年前。

时效到期的两年后，杀人魔传说级的作案手段终以一种极为可怕的方式被揭晓。当时有个研究团依照《拉姆萨尔公约》考察足之湖里的水生生物，在湖底淤泥中发现了凶器斧头。可是几十年前湖里就打捞过一把斧头，警方由此认定凶手一把斧头连斩九人，刀口不打卷，未沾脂血，技术高超足可媲美剑道大师（当然以上内容未公开，有赞美罪犯之嫌）。原来一切只是幻想，凶器斧头不是一把，不是两把，直到九把斧头全部被打捞上岸，当年的调查员才终于悟出真相。

曲棍球面具杀人魔准备了九把斧头，确保一把斧头解决一位被害者，绝不漏刀。

关于超短篇与杀人案的对话（3）

新寺点了杯红茶，龙藏也续了杯咖啡。

因点单而中断的对话一直没有恢复。他俩相识已久，龙藏知道中断意味着思考时间。

"你应该也能推理出来的，雷津君。"那家伙定会这样说。

可龙藏完全看不见新寺心中的答案。

三十三年前的大屠杀。

小作家留下的超短篇。

两件事放一起能推理出什么结论？

虽不是推理，但龙藏注意到一点——姓名。

渡边、木村。

在超短篇中反复出现的姓氏，实际上在面具杀人魔事件中也很扎眼。

渡边曾被媒体热炒为"真凶人选"，结果是被冤枉的。木村也一样，都属于俗话中的"蒙冤体质"。坊间先把其中一人当成"真凶"，热议几年后厌倦了，又换了个人接着怀疑。这两个姓氏成对出现在各个超短篇，反复遇到大规模谋杀案，当真只是巧合？

成双成对？可能是个关键。成对……复数……嫌疑犯是复数……凶器是复数……

嫌犯可能不止一个。

因为在作品中暗示了这一点，所以中西智明被封了口？

不，不对。新闻界早就验证过"真凶有同伙"的可能性，以超短篇云山雾罩的写法也暗示不了什么。再说了，就龙藏的调查来看，中西病故也毫无疑点。

那么果然只是巧合……不会啊……那么……

正当龙藏在渡边、木村之间纠结时，时间转瞬即逝。

茶和咖啡来了。

新寺拿起茶匙，不讲餐规地敲了一下杯沿。

叮——

时间到。

因为没想到别的，龙藏只得老实提出渡边、木村的问题："说是推理还嫌太早，但有件事我很在意。"

他拿起一册《阿纳托》，翻到第5话《√×》，点出故事中各位嫌疑人的姓氏，与面具杀人魔事件中坊间认定的"真凶"姓氏一致。

新寺微微点头说："对，就是这里。"

太好了。

蒙对了。

虽然完全不明白是什么意思。

"这……难道不是凑巧一样吗？"

"当然不是。"新寺饮了一口清红茶后果断答道，"《√×》里的三位嫌疑人不仅姓名，连同事、邻居、哥哥这些属性都跟斧头杀人案中民间认定的三个'真凶'一致。作者也许是觉得透露太多了，于是在下一部《亦美女，亦恶虎》中再次用上木村和渡边，试图制造一种'这是普通姓氏'的感觉。"

所以才会连着两个超短篇出现了相同姓氏。一般说来作家会尽量避免姓名重复。

"我明白《√×》有意指向面具杀人魔案件了。但前辈，然后呢？"

"值得注意的是，这个超短篇里的罪犯都把来复枪当成一次性物品。每杀一人就扔掉，换一把新的。"

意想不到的切入点。

但作品中没有明示吧？

……不。

没错，经前辈一说，的确如此。

根据催眠测试结果，三名嫌犯都没有杀人能力，所以那几起"模仿犯罪"是谁做的？——来复枪魔。关键点在这儿！来复枪魔每次行凶用的来复枪都不同，这才让人感觉是三起独立案件。

"作家是怎么描写'虚构中的凶手'的呢？他完全没有描述凶手的具体形象，而是在如何使用凶器上下功夫——杀一人换一枪。虽然浪费，倒是很有辨识度。"

"也就是说，这一点也符合面具杀人魔的特征。"

"对。我不妨把话说得明白一些，这么多相符之处绝非巧合。它们是证据，证明作家本人就是面具杀人魔本尊。"

龙藏不由得探出身子。

"中西……是凶手？"

"至少我找不出比他更可疑的人了。小说本就有意提及事件，文中又冒出个杀一人换个凶器的罪犯。警方都没公布的高明手法，作者又怎会知道？直到新的凶器从湖底捞出，外界都一直以为凶手是个一柄斧头连杀九人的武学高手呢。"

"但当年斧头杀人案也被大肆报道，中西可能是看过新闻后才写出《√ ×》的。"

"那八柄斧头是在时效期满两年后，即二〇一一年发现的。而《√ ×》出自牛年贺岁卡，最晚成文于鼠年年末。距今最近的鼠年是二〇〇八年，比八斧现世还早了三年。只有凶手才会在鼠年淡然写出一人一凶器的诡计。"

原来如此。只要弄清超短篇来自贺年卡，就能推理出成文年份。

"那么动机呢？"

"动机不好判断，但可以推测，作者和这片土地上的人们一定发生过什么——要是没点儿私人关系，他会年年给 SPUR 书房这样的小出版社寄贺岁故事吗？而且结合超短篇的内容、出版商的本地出身，以及作家被终生厌恶这三点考虑，大概能得出结论：'出版商意识到作家与足之湖大案的关联，但苦于没有决定性证据。'"

"中西似乎不是本地人，但因为这里是旅游胜地，有些作家喜欢在旅馆里创作，由此推出他可能也在此逗留过一段时间。也许在那段时间他和当地人起了什么纠纷，比如风流韵事、恶行败露、自尊心受损……具体原因只能想象了。纠纷最终迎来了最坏的结局，所有涉事者都被斧头封口，但后来又出现了一个知情者，也许案发时他还是个孩子。再后来孩子长大，成了出版商。为探寻旧案，他接近作家。作家不知出版商的出身，误以为有机会翻红。"

"……出版商是本地人？"

未知的消息牵动了龙藏的神经。

没准这条消息不算未知，但目前他掌握的情报里有没有线索可以证明这一点呢？

"出版商是本地人。"

新寺把茶杯放在茶托上，另一只手合上摊在桌面的《阿纳托》，用枯瘦的手指指着封面上的杂志名和 SPUR 书房几个字。

"这家 SPUR 书房应是本地人创办的。Spur 在德语里是'足迹'的意思，而'足迹'（Anaato）在足之湖一带是个稀少且独有的姓氏（比如这家餐厅老板也姓足迹），出了这里，很少有人听过。此地居民热爱文学，又都聚居一起，难保和案件中的被害者没点儿关系。"

这个，应该也要读成 ANA-TO 吧。

龙藏低头看向碟子上的罗马字店名 "ANATO"，为自己没注意到两词同源而咋舌。之前他还漫不经心地感觉两个词只是在念法上神奇地一致。

"所以那位足迹先生开办了'Spur（足迹）书房'，又出了本杂志叫《阿纳托》……啊！每个超短篇里都出现过'足迹'二字，原来是暗指收信人足迹先生啊。"

或者说作者用这种方法表达想上《阿纳托》杂志的意愿。

每一篇里都出现"足迹"二字确实不太对劲儿。

"原来如此……'足'一般念作 ASHI，但有时会音变为 ANA，比如'足底'一词念作 ANAURA，所以这个姓氏的念法也不算生僻。"

"写作'足底'，读作'ANAURA'吗？这我倒不清楚。"

装傻充愣。

但龙藏很喜欢新寺这样的体贴。

话说回来，龙藏不明白中西智明的想法。

且不论足迹先生是不是中西旧友，抑或如新寺所猜，因怀疑而接近中西，但作家会寄去像《√×》这样暗指悬案的作品吗？

或者事情本就应该反过来。作家就喜欢在作品中暗藏心中隐瞒之事。到了第 5 话才压不住"夹带私货"的冲动，只能说中西这个作家当得还不够格。如此想来，《√×》之后他就像脱去金箍一般，文本量一下子就上去了。

值得一说，足迹先生的反应也是一样的。

"也就是说，他压着不发表这些作品，是在为当年被害的亲友报仇？嗯……总感觉相比于他深沉的动机，这种报复不伦不类，像个朴素的恶作剧。"

常听说杀人案源自日常欺凌……但日常欺凌起源于过去的屠杀案……啊？

新寺不置可否地点点头。

"复仇不是为所欲为，它仅限于能力范围之内。为往日遗恨搭上整个人生的戏码只存在于小说之中。当然，时效期满之前，足迹先生也曾为了证明中西的罪行而努力过，但可能最终无功而返。而从作家死后开始连载超短篇来看，他应该是认可中西的作品的。目睹失意作家死亡之后再公开其作品，既实现了报复，又赚得了金钱，何乐而不为？他大概听中西本人说起过他的身体不太好，活不了多久。"

精于算计，又太过土气。

"如果能那般冷静，他应该更加认真地应对。不仅要向世人揭露中西是面具杀人魔，还要告诉读者中西的作品是多么的有趣。"

"然后再公开承认他是逃过时效的完美凶手？"

新寺苦涩答道。

不知怎的，龙藏从他的表情中恍惚瞥见时效到期时父亲的苦相。

父亲年轻时大肚能容世间污浊，在黑白两道都很吃得开，可晚年的他偶尔也会露出那种不寻常的苦涩表情。

"这太可怕了，雷津君。"新寺说，他没有看龙藏，"杀了那么多人又如何？熬过了时效又如何？人家就能随心折磨你这个完美凶手。太可怕了。"

红茶表面泛起阵阵涟漪，如寒风中轻颤的湖面。

这几句就像名侦探在人死得差不多后才开始推理秀的台词。

没有什么犯罪比给予完美凶手虚假的存在感更可怕。名侦探似乎有名侦探的理解，龙藏不太明白这句话。就像龙藏有时也跟不上晚年重视下属忠诚高于个人能力的父亲。

本以为这次事件能有个华丽展开，但这个谜底，包括凶手已死的事实，都太过温暾了。许是因为期待太高，增加了心理阈值吧。

唉，没办法。任何工作都有限制。就连制造谜题的神明这次也受到了束缚。

龙藏抬头看向墙上的时钟。

司机要来接人了。

寄给SPUR书房的贺年卡（二〇〇七年）

十二地支杀人事件

杀人魔托尔夫的第十二名被害者终于给了烦恼的菲洛·万斯一道天启。

"是猪突……"他喃喃自语。

"什么？"马克汉问。

"车里说。"万斯把地方检察官推进车里，自己也上了车，然后对司机道："去日本人街。"

"什么情况？"

马克汉瞥了一眼远处的谋杀现场问道。万斯也回头看了看。

"房子前面唯独缺少被害人的足迹吧？"

"是啊，真搞不懂。"

"不是什么谜团，只是和发现者的足迹叠在一起了而已。"

"被害人矮小，发现者高大，脚印能叠在一起？不可能，步幅相差太多了。"

"所以要'猪突猛进'啊。凶手强迫被害者奔跑，故而步幅变大。这是日本的四字熟语，意思是'像野猪一样向前冲'——所有事件都是这样。嘴沾猫血的威利是'穷鼠噬猫'；租了九个房间的公寓住户菲利普是'九牛一毛';身穿海耶斯教授外套而死的拉彻尔老师是'狐假虎威';霍华德先生手中的日历是四月份,即'卯月';头部中枪的弗雷亚小姐和尾椎中枪的西伯恩两人合称'龙头蛇尾';耳朵被风吹到的奥格登是'马耳东风';凯德内斯的人体模型被拉出了肠子,所以是'羊肠小道';'老猿落树'(老手翻车)的迈克尔;被'半夜鸡鸣'引诱出来的波特夫人;'棒打过路犬'(无妄之灾)对应被打死的杰克……全是化用自十二地支。"

"完全不懂。什么是十二地支?"

"日本人常用的一种十二时辰计时法,每个时辰对应一种代表动物。"万斯解释起来,"哦,我刚才发现,十二地支(Twelve Horary)也是六个字母的组合。"

他喜欢用六个字母的单词来为杀人事件取名。

"说那些干什么,不觉得奇怪吗?那些东西本就来自中国,你为什么不怀疑中国人呢?"

侦探一脸错愕地责备道:

"中国人不能是凶手。"

"……"(得,诺克斯推理十诫第五条说,故事里不得出现中国人。)

"而且只有日本会把四月叫'卯月'。中国的'卯月'是二月。"

自从上次因文人画蒙羞后,万斯就开始恶补东方文化。

"而且十二起事件全都发生在日本人街附近。毫无疑问,线索就在那里。"

万斯一脸自信地叼着烟，完全不像在侦破一起死者数量高达一打的连环凶案。

车子来到日本人街，停靠在人行道旁。万斯划了根火柴点燃香烟。

引发了爆炸。

完美犯罪者托尔夫（TWELVE）成了全美罪犯的英雄。

他不仅完成了代表自己名号的十二起杀人事件，还顺道干掉了神探菲洛·万斯。

不管马克汉等人如何辩驳万斯死于单纯的煤气爆炸，托尔夫的名声还是越来越响，甚至因为日本人街被炸而赢得了美国反日派的支持。可能因为万斯是第十三个被害者，没人再拘泥于十二这个数字，类似的杀人手法在纽约不断上演，不久便延烧至全美各地。警方甚至无法确定其中有多少是模仿犯。托尔夫的威名一往无前，萌发了思想，创生了宗教，又形成了政治势力。新思想渗透进国家体制的中枢，"不择手段的托尔夫"引起了大人物之间的猜忌，猜忌瓦解了信任，最终引发了一连串的暗杀，利用核裂变反应而生的新型炸弹的出现又使得事态更加恶化。国家失去团结，军队的保密能力大幅下降，美国无力守住新型炸弹的秘密。拥有核弹的国家迅速增加，甚至他们默许托尔夫派的恐怖组织拥有核弹。

然后，核弹爆炸了。

越来越多的多米诺骨牌倒下。核打击带来核反击，世界被核阴云所笼罩。地球上的人口减半，幸存的人们还要面对恐怖的核污染与核冬天……

在死亡之城纽约的某个角落，曾任地方检察官的男人仰望着漆黑的天空，悲叹道：

"唉，要是那个自命不凡的侦探当初阻止了那起十二地支杀人案就好了。"

* 以上八个超短篇出自中西智明寄给麻耶雄嵩的贺年片（二〇〇四年至二〇一一年）。

《关于超短篇与杀人案的对话》为后续新创作。

简中版新增短篇：

吸血鬼缺席的采访

｜问题篇｜

初次见面，今天的采访还请多多关照。

据说这是您第一次做采访？

是呀，您让我也紧张起来了。彼此彼此，还望您手下留情。

其实有不少新人记者采访过我。怎么回事呢？难道是他们觉得不用开口，身为作家的我就能口若悬河、滔滔不绝吗？可我没他们所说的那般健谈……

咦，您包上挂着的吊饰是博德金（Bodkim）吧？

说对了？真是那种用于恶魔召唤仪式的匕首？我在《所罗门之钥》①里见过一模一样的东西。博德金乍看像个十字架，但用途正好相反。

……也不是什么爱好啦。我写推理小说嘛，不知不觉地就会熟

---

① 14 世纪到 15 世纪文艺复兴时期的西方神秘学著作，相传作者是所罗门王。书中记载了召唤恶魔的规则和咒语。

悉这些东西。

　　哈哈，确实如此。本格推理小说会给任何现象以合理的解释，或许跟颇有迷信气质的神秘学水火不容。但是本来，或者说自古以来，合理和怪异便是相互成就的最佳搭档。正如圆朝①的《牡丹灯笼》和霍夫曼②的《魔鬼的万灵药水》那样，很多故事兼具魔法和诡计趣味。在巴尔扎克的女巫审判类短篇作品《女妖媚人案》中，究竟是以妖邪结案，还是寻找合理的解释，这样的争论一直持续到终局。后来，爱伦·坡创立了推理小说，但正如布瓦洛－纳西雅克组合③所言，此类文学作品都需要"用理智来平息因理智而生的恐怖"。写作的"怪异化"与"合理化"恰似同卵双生。你看，《莫格街凶杀案》的结局不也随时能编出一个恐怖小说的续集？凶手接连从水手家的小房间和莫格街的密室逃脱，真就甘愿在巴黎动物园里坐牢？

　　不过最近推理小说也变得寡淡了，虽说经常看见现实和虚幻交织的作品，但都是一些拿着完全可在现实中执行的诡计硬写成的设定系故事。倘若加入了特殊设定和怪异现象，却无法产生独特的解谜趣味，多此一举又有何用？我们不需要从非日常的生活中推出什

---

① 三游亭圆朝（1839—1900），本名出渊次郎吉，幕末明治时期著名落语家。由于带领幕后落语重回巅峰，世人尊称其为"落语之神"。其代表作《牡丹灯笼》改编自中国明代怪谈《剪灯新话》中的《牡丹灯记》。

② 恩斯特·西奥多·阿玛迪斯·霍夫曼（1776—1822），德国作家、作曲家，是浪漫主义运动的重要人物。代表作有《谢拉皮翁兄弟》《跳蚤师傅》《魔鬼的万灵药水》《胡桃夹子与老鼠王》等。

③ 皮埃尔·布瓦洛（1906—1989）、托马·纳西雅克（1908—1998），法国犯罪小说家组合、编剧。代表作有《恶魔》《迷魂记》《试管迷踪》。

么逻辑，我们需要的是通过引入非日常生活，得出更加新颖美妙的逻辑，否则做加法将毫无意义。爱伦·坡之后，此类合理破解怪异现象的故事之所以能够蓬勃发展，与其说是实践现实主义，不如说是追求逻辑建构之美的结果。

我说的这些可不仅仅适用于虚构小说。譬如发生在这里的吸血鬼事件就是个很好的范例，怪异且合理……咦？

您还不知道吗？

那起就发生在这个地方的密室杀人事件。

准确说来，那起事件发生在这栋公寓建成前的单人宿舍楼，就是一楼角落的那一间。

一个独居女子"被什么东西咬断喉咙"而死。

女子死于失血过多，身上有被锤形钝器击打的痕迹，脖上的"咬痕"更像野兽所为。室内一片血海，事件打从开始就自带猎奇色彩。不仅是尸体的状况，连发现尸体的过程也十分诡异。

尸体发现者有两个人，都是名人，并且和我一样是作家，只不过专攻非虚构写作。其中一位以欧洲为中心，持续追查国际罪犯和恐怖分子。因其研究恐怖主义，就叫他 T 先生吧。数月以来，T 先生持续关注频发于世界各大城市中的神秘猎奇杀人事件。这些事件有一些共同点：死者皆为年轻女性，皆因身体某处被咬后失血而死，以及现场都是上锁的密室。这些事件难道是某个罪犯，或是一群人在某种思想的唆使下进行的不连续恐怖行动？但因案件涉及纽约、伦敦、上海……范围太广，加上死者伤口的差异较大，没人认同他的猜想。即使人在家中遭遇野兽袭击也未必是特殊事件。就算各案之间有所关联，那也可能是模仿作案。不过 T 先生仍执着于同一凶手的构想。

此时，他得知一条消息：他口中的"同一凶手"又要犯案了，于是他来到目标女子所住的公寓。

然而公寓门前已有来客。此人身穿一袭既像大衣又似披风的黑袍，正按响玄关的门铃。不久，门开一缝，内有防盗链。然后，这里是关键所在——黑衣人在开门的一瞬间，便嗖地从门缝钻入。T 先生跑到门口确认，门内的防盗链并没有取下。正当他大感不可能之时，听见屋内传来呻吟，不久后又重归安静。

另一个发现者是位专门研究灵异现象的神秘学作家，权且称他 O 先生。O 先生也从最近多发的猎奇杀人案中闻到了同一凶手的气味，并在其书中提出（当然不是恐怖主义的）论点——"吸血鬼真实存在！"

此时，他得知一条消息：他口中的"吸血鬼"又要犯案了，于是他来到了目标女子所住的公寓。

然而公寓门前已有来客。那人身材魁梧，穿着皮夹克，原来是著名的恐怖主义学家 T 先生。T 先生对他说有人抢先闯进了房间。

"但是防盗链还没拆，不知那人是怎么进去的。"

O 先生很快就意识到事态的严重性，他让 T 先生守住门口，自己则翻进了一楼的阳台。透过落地窗，他发现了一名倒地不起的女子，在她上方还飘浮着似黑雾，又似纱布的一团朦胧的东西。渐渐地，那团东西化为清晰的人形，覆在女子身上。他身罩黑袍，满头银发，看不清面容，但瓷器般苍白的双耳又大又尖。眼看地板已成血海，放任不管可不行。O 先生如此想着便伸手开窗，但窗户反锁。而门外的 T 先生也正满脸通红地拨弄着防盗链。见对面毫无进展，O 先生退后几步，抄起阳台上的梯子砸碎了窗户。当他放下梯子回头看时，黑衣人早已从室内消失得无影无踪。而地板上的女子……无须确认，已经断气。

但报警的既不是 T 先生，也不是 O 先生，而是附近的邻居。之所以邻居会迅速报警，是因为他从昨天开始就发现有可疑男子在附近徘徊，令人不安。

"可疑男子？"警官问道。

"是的，就是他。"邻居指着身穿皮夹克的恐怖主义学家说。

"学者取材之前都会来踩个点，这是常识。"T 先生辩解道，"根据我得到的情报，今天会发生一些事情，所以我想事先看看建筑的外观。"

"那也应该先通知警察吧。"警察不依不饶。

"如果我提前报警，你们会相信吗？"

"那得看情报来源。"

"信源绝对不能告诉你。"

这也是他们那一行的常识。

O 先生亦然。面对警方的软硬手段，他始终不肯吐露信源。专业人士就是麻烦。

尽管如此，两人总体还算得上积极配合调查。

"说起来，我注意到一件事。"T 先生主动挑起话头，"我觉得和昨天来时相比，阳台好像有些不同。也说不好哪里不同，但怎么说呢，好像阳台宽敞了不少。"

"因为梯子移动了位置？"警察问。

"不，梯子就在那里没动过。"

"取走了洗好的衣服？"

"应该也没有洗衣服。"

"那么只剩下空调室外机了。"

"'只剩下'？嗯，也不太对……"

"是不是有个大东西蹲在那儿，"O先生插嘴道，"所以阳台看起来变小了？"

"什么大东西？"

"野狗。"

野狗、蝙蝠、雾气——众所周知，吸血鬼可以变身成这些东西。

"再怎么胡说八道也得有个限度！"

讨厌神秘学的T先生出言阻止，但O先生强硬反击道：

"不可能发生的犯罪都摆在眼前了，你还想说是恐怖分子干的？普通人怎么可能钻进挂着防盗链的门缝，又怎会飘到空中，然后突然消失？现阶段争论没用了。若不尽快采取行动，事情可就糟糕了。它们可不是宗教小说里浪漫的妖怪，而是一群敢在光天化日之下游荡，连十字架也不怕的嗜血怪兽。比起地道的巴尔干传说，它们更符合流传于地中海以南的莽荒怪物传说中的形象 ①。"

O 先生在众多版本的吸血鬼传说中找了个全无弱点的最强款。

T 先生本打算用著名的吸血鬼规则"未得主人邀请，不得进门"来粉碎对方的歪理，不料被 O 先生提前堵上了漏洞。

警察也很头疼。照此下去，事情真会往吸血鬼杀人的方向跑偏。不过即使吸血鬼不存在，案件中发生的也是货真价实、无法理解的灵异现象，这还怎么往后查？所以警方决定暂且搁置不可能犯罪的部分，用最基本的办法彻底分析现场周围的人员动向、目击证言、监控录像等线索。同时因为 T 先生主张的不连续恐怖主义假说不容忽视，他们还着手搜集国内外的恐怖组织的情报。

另外，T 先生和 O 先生则趁机宣扬自己的观点。经过亲历怪奇事件的两人一番添油加醋，恐怖的案情通过各路媒体传播开来。T 先生的恐怖主义论赚足了眼球。两人的旧书也由此热销。每个人都意识到有个精于不可能犯罪的杀手活跃于世，而公布了案情的两人成了时代英雄。

直到警方的现场搜查结束。

经彻底调查后，警方发现事发前后公寓附近只有 T、O 二人。

调查结果令人震惊。只要不是真正的吸血鬼作案，凶手便只会在 T、O 之中。

到底谁才是凶手呢？您觉得是哪一个？

---

① 世界各地都有吸血鬼的传说，但以 17、18 世纪流行于巴尔干半岛上的传说最为正统。而由于未受基督教影响，地中海以南的北非地区流行的传说中吸血鬼不怕十字架等宗教物品。

猜猜看。啊，等等，由于嫌疑人数量少，经不起瞎猜，所以请仔细思考，给出合乎逻辑的答案。

提示是那个奇怪的密室——凶手为何要使用那种密室诡计？

（问题篇完）

| 解决篇 |

好，时间到。

我先说密室诡计。

若想进屋，防盗链或窗锁总有一个得失效。而防盗链看来一时半会儿拆不开，还是专攻窗锁吧。那么有没有什么办法能从室外锁上窗户呢？有的。只要从门缝伸进一根长杆，拨弄窗锁就行。O先生既能看到T先生红着脸摆弄防盗链，说明前门和落地窗之间没有阻隔。T先生感觉阳台变宽，怕是因为凶手动过晾衣杆，却未放回原处吧。而O先生破窗时窗户未上锁、凶手一直躲在室内、T与O合谋杀人、女人死于自杀等一干假说皆因无法解释阳台空间感的变化，都被否决。

姑且认为长杆是制造密室的手段，那么凶手是谁？

是T先生？黑衣来访者钻进门缝是他的谎言，O先生来时那女人已经死了？不对。因为这样无法解释O先生隔窗看到的黑影。而且T先生主动提出阳台变化，他有必要自暴诡计吗？

那是 O 先生？黑影袭人是他虚构的，房间里始终只有女尸？也不对。这样无法解释 T 先生看到的黑衣访客。而且 O 先生好不容易用长杆上锁，又怎会独自破窗？

看来您得出结论了。

刚才我说过，只要不是吸血鬼作案，凶手便在 T、O 之中。既然 T、O 不可能是凶手，那么答案呼之欲出。

没错，凶手是吸血鬼。

后来，吸血鬼屡屡犯案，手段也更加露骨，真实性已不容置疑。您一定知道在全世界范围内直播的"血之峰会"，也知道各地频发的成群的吸血鬼袭击人类的"獠牙圣夜"吧。吸血鬼无惧阳光和十字架，化身雾气接近人类，人类对此却无计可施。恐惧在全世界蔓延，就像等着这一天似的，真正的攻击开始了。最开始是在罗马尼亚和法国，多到超乎想象的人类或被咬死或化身成吸血鬼，仅用三天，政府和军队就被控制了——对，这便是五十年前的吸血鬼觉醒事件。有了武器，吸血鬼们再无敌手。用核武器牵制大国的同时，它们毫无预警地对比利时、瑞士、匈牙利、乌克兰等国家发动了大屠杀。两周后，欧洲全境约 70% 的土地都落入吸血鬼的手中。在德国、西班牙、意大利等曾盛行过异端审判的国家，它们屠杀的残忍程度甚至更强（或许当年搞异端审判，还真揪出了真吸血鬼？）。一时间，数百万的意大利人拥入威尼斯——历史上以厌恶宗教法庭而闻名的城邦。

就像把一条蛇扔进了老鼠饲养箱，人们只能恐惧。很明显，吸血鬼的毒手迟早会伸向欧洲以外，届时整个世界都可能会被其控制。

恐怕您的工作也会变成对吸血鬼的采访（Interview With Vampire）了呢。

但世事难预料，有人发现了转机。

契机是意大利人蜂拥进威尼斯。看得出吸血鬼对中世纪的异端审判怀恨久矣，但多年宿怨，何以在今日忽然报复？说是忽然，其实其报复手段也相当草率。吸血鬼已然无敌，完全没必要急着攻击。而且（这也是重大疏漏）它们为什么要玩密室诡计呢？

没有必要。吸血鬼完全可以变成动物或雾气接近人类，无须彰显它们的到来。然而早期事件现场都是封闭空间，都有密室诡计的痕迹。为什么？当人类意识到这意味着什么的时候，也终于抓住了真相——

未得主人邀请，吸血鬼不得进门。

传说中的铁律都是真的。为了不让人察觉，吸血鬼特意用诡计锁门，或者用防盗链挡住去路，伪装成未被主人邀请的假象。而吸血鬼的其他弱点也都是如此。通过密室诡计，让人类误以为它们能自由出入教堂等圣地。用空枪诡计，让人们觉得它们不怕银子弹。用替身诡计，让人们误以为他们能在阳光下行走。

您说十字架？那当然也是诡计。人们看见十字形的东西，会下意识地视其为十字架。如果吸血鬼当面把一个十字架形状的东西折断，人类会误以为它们无惧十字架——您那个博德金的吊饰不正好就是个替身吗？"现在的吸血鬼不怕十字架，更有甚者还喜欢戴着十字架招摇过市。"恶魔的低语被别有用心的推理小说家、魔术师、影像技术人员、记者等众多专家通过巧妙的手段推广开来。很多掌握了话语权的专家早就成了吸血鬼，他们打造了一个毫无弱点的吸血鬼幻象，不断洗脑世人。

而现在，幻象破了。

吸血鬼的诡计接连被揭穿，人类开始反击。这场单方面的屠杀史称"吸血鬼扑灭运动"，更重要的是人类在扑杀过程中发现了吸血鬼新的弱点。从吸血鬼使用的各种以证明它们天不怕地不怕的诡计中，人类竟误打误撞，发现了某种特定波长的电子音能高效地诱捕吸血鬼。事实上，它们连躲藏之力都失去了，直到最后一个吸血鬼被捉住后烧成灰烬。

得益于吸血鬼的替身诡计，人类发现它们还拥有人类同伙。换句话说，T 先生的猜想也是对的：有个恐怖组织正与吸血鬼合作。该组织的高明之处在于他们为吸血鬼打造无敌人设的同时隐藏了自己。吸血鬼和人类组队活动，实施那个长杆诡计的很可能是人类成员。饶是吸血鬼单独作案，它无须使用诡计也能出入门缝，所以弄晕被害人、利用长杆制造密室等前置步骤大抵都是人类成员所做吧。

咦？除了杀人凶手外还有制造密室的帮凶？岂非违背公平原则？非也，因为我说过"凶手需要密室诡计"。当凶手上门时，门背后必须挂有防盗链。我没有说谎。

话虽如此，但在众多案件中（不仅是此案），他们为何要多此一举用长杆或锤子呢？原因尚不得知。

要说一种可能的解释，那应该是规则的严密性吧。

没几个受害者对殴打自己的暴徒心怀好感，更没有人会邀请对自己心存歹念的人进屋。也就是说，即使被害人将它们请进门，只要它们将被害人弄晕后离开，就再也无法重新进入房间了，这是束缚吸血鬼的规则。如果是这样，吸血鬼唯一能做的就是获得进门许可和咬死被害人。至于弄晕被害人、用长杆制造密室的步骤，只能交给人类成员完成。

或者，还有个略显牵强的解释。

那是在 15 世纪后期，世界上出版了几本书。这些书籍确立了猎巫思想，即所有私通恶魔的异教徒都会被处以火刑，例如贾基尔的《打女巫的长杆》，还有著名的《女巫之锤》都在其列。专家们认为"杆""锤"都一样，都是那种甭管有罪没罪，只要有人受到怀疑，通通处死的诡辩之书。吸血鬼被卷入宗教审判，因此失去了许多同伴，所以在大肆屠杀之时，也用长杆制造诡计，回敬人类？这样解释是不是有些过分牵强了？

您还有一个疑问？是什么呢？

刚才的故事哪里有怪异成分？哪里有吸血……

哦，原来是这样。

对于您这代人来说，吸血鬼不神秘啊。学校里教过，说它们是一种灭绝生物吧？

明白了，是我老了，过时了呀。

后 记

初次见面。

最近我构思了这样一个魔术。

就叫它《消失！》吧。用本格推理的形式表演"人物消失"和"无差别连环凶杀"——当然，这些都是表象。乍看之下像煞有介事，但（显然）既没有人物消失，也没有无差别屠杀，所以我说它是个魔术。

"人物消失"是一种非常流行的现象，在推理小说的众多谜题中无疑别具冲击力。迪克森·卡尔和埃勒里·奎因曾就推理小说的存在形式有过一次彻夜长谈，最后得出结论："人物消失"是推理最棒的导火索。一时传为佳话。

再说"无差别杀人"。

这也是个耳熟能详的主题。看似毫无关联的人相继被害……但实则另有隐情。约翰·罗德的《普里德街谋杀案》、阿加莎·克里斯蒂的名作《ABC 谋杀案》、埃勒里·奎因的《九尾怪猫》，还有最近威廉·L.德安德列亚的《肥猪谋杀案》……篇篇名作为此主题贡献了各色解答。

"人物消失"和"无差别杀人"都是推理小说的经典设计，也长期被人诟病点子枯竭，开发殆尽。而我难得与读者见面，上来就要融合这两个"老大难"，可能是太鲁莽了。

不过请容我再鲁莽一句，本作诡计极为依赖心理误导，毕竟我自己都很烦那些复杂的针线密室和看两遍还弄不明白的时刻表诡计。除去稍显夸张的副诡计（但也有不少人认为它最惊人），主诡计怕是尚无前人写过（嗯……多少有点狂妄了）。

在近期构思的魔术中，我对本作尤为自信。如果您先读后记再读正文，请全程关注这几次悬疑的消失现象，并试着推理我的布局，如果可以……在结尾揭秘时还能被震惊一回。

按照惯例，接下来是我这个新人作家的致谢，感谢诸位长久以来的关照。

首先是绫辻行人先生和我孙子武丸先生。两位老师仅凭我一个短篇作品就大力举荐，衷心感谢老师们大胆的举动，给你们添麻烦了。

再来感谢书中同道堂裕子的原型 M 女士（她超能力般的直觉就是受您启发）。还有京大推研会的各位才华横溢的同人，本作之所以能完成，多亏了各位的鼓励。

另外还要特别感谢讲谈社的宇山日出臣先生，您一直默默容忍我这个不听话的新人。感谢您对我的照顾。

最后向正在阅读本书的各位致以最高的谢意，期待能早日与各位再相会。

中西智明

一九九〇年九月

作者解说

写给先读解说的各位：

感谢您选择此书。

在新书层出不穷的当下寻一本旧作相当麻烦。当然，若非钟情于怪异谜题和奇绝诡计，诸位也不会在我这里多做停留。

而如果谜团和诡计是你的最爱，那请走过路过，千万不要错过。

该作发表于十七年前。

故事发生在尚未普及手机和网络的慢时代，但书中环境和现在好像也没多少差别。无论古今，罪犯和侦探都会使用公用电话；移动网络也没什么应用场景。而且由于主题是"无差别杀人"，剧情发展也不可能太过悠闲。

硬说有何差别，大概也就是现在不流行管地板叫 flooring，也不再洋气地叫精品店员工为 mannequin 而已。

该作专注于解谜，用极端虚构摒除一切多余要素。本格推理纯度之高，道一声"史上屈指可数"都不过分。本书甫一出版，就有读者建议：只杀第一个家伙不行吗？何必再添两次？此言差矣。爱恨之深，凶手才会"消失"。无视人心，美妙诡计亦不可得。解谜小说不就是通过解谜生出感动吗？所以人物群像剧必不可少。

不过对当今见多识广的读者而言，以上观点无异于班门弄斧。

本书出版时正值"连环杀手"热，最近此类作品也有翻红的迹象。估计本书是沾它们的光才得以再版。

所以下面虽有些突然，但请允许我冒昧挑选几本世纪最佳的杀人狂小说（近现代篇）：

18 世纪 萨德侯爵《不道德的繁荣》——推理迷必读的恶之书。

19 世纪 雨果《冰岛凶汉》——"我愿意有一个可以亵渎的上帝。"

20 世纪 阿加莎·克里斯蒂《ABC 谋杀案》——杰作！

21 世纪，或说战后 2/3 世纪里佳作空缺。此间出版物虽多，但作者往往乐于追求兽性哲学和政治利用，退回到侦探小说以前的文学类型了。可见《ABC 谋杀案》及一众本格推理小说开创出如何革命性的新局面。

致敬《ABC 谋杀案》。

打倒《ABC 谋杀案》。

*

好了，让我们深入一些。

如果您没有原教旨主义的狂热，且乐于多了解一些，请继续。

江户川乱步先生在《诡计分类集成》中的"异样的被害者"类目下，介绍了不少以"缺失一环"，即被害者之间没有共同点为主题的作品。但不知为何，比格斯的《■■》（1928）、奎因的《■■》（1936）等名作明明符合要求，却不在推荐之列（隐藏书名以防泄底）。

想来怕是上述作品里的悬念在故事中盘就已解决，解法还摆脱不掉怪谈的老调。异常事件再归因于异常行为，也太自我设限了。尤其是比格斯，反复强调怪异点确实颇有说服力，但解决时只能算意犹未尽？……而奎因的问题就像 1886 年某名篇一样，本就不存在谜团。

于是我想针对"连环杀手的真面目"设一个全新的局，这才有了《消失!》。当然，还请各位读者注意那几位散乱的被害者，这是破解另一主题"缺失一环"的关窍。

虽说意犹未尽，但比格斯在《■■》中的设计不失为一种伟大的尝试。为表敬意，我化用他书中人物谐音成《消失!》中被害者的名字：玛丽、裕二和纯。

话说本书重点不是时兴的、只有读者受骗的叙述性诡计。虽然有人如此评价，但实为误解。书中人物调查解谜，主打本格路线无疑。为辅助增强诡计效果，创作小说时理当运用各种叙述手法，所以请别给全书最大悬念戴上叙述性诡计的帽子了。

好吧，就算是纯粹的叙述性诡计，那也有区别。暗杀和单挑能一样吗？只散布模糊暗示的震撼型叙述性诡计和明示谜团或主题，可推出唯一解答的本格型叙述性诡计能一样吗？于我而言，"为骗人，什么黑手都敢下"的是震撼型叙诡；"有本事你就完美看穿"的是本格型叙述性诡计。

讲得有点儿深了。

*

言归正传。

若您购书之前还没被泄底，恭喜您。若您尚未阅读正文，请务必一观。无论是"人物消失"还是"无差别杀人"，我认为《消失！》都不容错过。

今后，每当您读到同类推理小说时，定会在脑海中闪过本书的解答。

这样说是不是太自夸了？嘿嘿。

中西智明

二〇〇七年十月